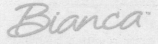

Dani Collins
Pasión y castigo

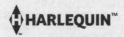

Editado por HARLEQUIN IBÉRICA, S.A.
Núñez de Balboa, 56
28001 Madrid

© 2014 Dani Collins
© 2014 Harlequin Ibérica, S.A.
Pasión y castigo, n.º 2340 - 8.10.14
Título original: A Debt Paid in Passion
Publicada originalmente por Mills & Boon®, Ltd., Londres.

I.S.B.N.: 978-84-687-4736-1
Depósito legal: M-23653-2014
Editor responsable: Luis Pugni
Impresión en CPI (Barcelona)
Fecha impresion para Argentina: 6.4.15
Distribuidor exclusivo para España: LOGISTA
Distribuidor para México: CODIPLYRSA
Distribuidores para Argentina: interior, BERTRAN, S.A.C. Vélez
Sársfield, 1950. Cap. Fed./ Buenos Aires y Gran Buenos Aires,
VACCARO SÁNCHEZ y Cía, S.A.

Capítulo 1

«MÍRAME», le ordenó Raoul Zesiger en silencio. Tuvo que reclinarse en el asiento para poder verla, oculta tras los tres hombres que se interponían en su campo visual, incapaz de apartar los ojos de Sirena Abbott.

Estaba muy quieta, mirando al frente con gesto sombrío. Ni siquiera miró en su dirección cuando su propio abogado alegó que la cárcel era una medida contraproducente dado que necesitaba trabajar para devolver los fondos robados.

Los abogados de Raoul le habían advertido que aquello no terminaría con pena de cárcel, pero él había insistido. Esa mujer pagaría con la cárcel por haberlo traicionado. Por haber robado.

El padrastro de Raoul había sido un ladrón y estaba decidido a que nadie volviera a engañarlo, sobre todo su eficiente ayudante personal que había metido la mano en su cuenta.

Y después había intentado librarse ofreciéndole su cuerpo.

Raoul no quería rememorarlo. Esperaba ansiosamente oír el veredicto del juez, pero su cuerpo ardía al recordar la sensación de esos labios carnosos sobre los suyos. Los deliciosos pechos cuyos pezones parecían bayas de verano, jugosos y dulces en su boca. El trasero con forma de corazón que había contemplado tantas veces, firme y suave al tacto. Casi se puso duro al recordar los sedosos muslos, de aroma almizclado, y la actitud casi virginal de la joven.

Una pantomima, porque sabía que su crimen estaba a punto de salir a la luz.

El estómago se le encogió con una mezcla de ira y hambre carnal. Durante dos años había conseguido controlar el deseo, pero tras haberla disfrutado, solo podía pensar en volver a tenerla. La odiaba por tener tanto poder sobre él. Jamás le había hecho daño a una mujer, pero deseaba aplastar a Sirena Abbott. Erradicarla. Destruirla.

El sonido del martillo lo devolvió a la realidad. Su abogado le dirigió una mirada de resignación y comprendió que el veredicto había sido favorable a la mujer.

En la otra mesa, parcialmente oculta por su abogado, el gesto de la joven se relajó y los grandes ojos se elevaron hacia el cielo. El abogado de Sirena dio las gracias al juez y tomó a su defendida del brazo para ayudarla a levantarse mientras le susurraba algo al oído.

Raoul sintió una punzada de celos al observar la actitud del letrado, un hombre de mediana edad, pero se dijo que era la ira que lo dominaba. No soportaba saberse de nuevo una víctima. Esa mujer no debería librarse solo con devolver el dinero en cuotas de seiscientas libras al mes.

¿Por qué no lo miraba? Era lo menos que podía hacer, mirarlo a los ojos y admitir que ella también era consciente de que se estaba yendo de rositas. Sirena murmuró algo a su abogado y se apartó de él.

«Mírame», volvió a ordenarle Raoul en silencio mientras contenía la respiración.

Los labios de Sirena perdieron todo el color y las manos le temblaron mientras intentaba alcanzar la salida. Mirando al frente, pestañeó repetidas veces.

–¡Se va a desmayar! –Raoul saltó por encima de varias sillas al mismo tiempo que los abogados reaccionaban. Entre todos la agarraron, tumbándola en el suelo.

Alguien apareció con oxígeno y Raoul se apartó, aunque no podía desviar la mirada de las mejillas hundidas y la piel grisácea. Todo se detuvo, respiración, sangre, pensamiento...

A su mente regresó el recuerdo de su padre. La falta de respuesta, el alocado pánico que había crecido en su interior mientras luchaba desesperadamente contra la brutal realidad. ¿Respiraba? Podría estar muerta. «Abre los ojos, Sirena».

Le pareció oír al enfermero preguntar por algún problema anterior y Raoul repasó todo lo que sabía de ella, pero el abogado de la joven se le adelantó.

–Está embarazada.

Las palabras estallaron como vidrio roto en sus oídos.

Sirena era consciente de tener algo contra el rostro. Un pegajoso sudor cubría su piel y las habituales náuseas la invadían por dentro.

–Te has desmayado, Sirena –oyó una voz–. Quédate quieta unos minutos.

Abrió los ojos y vio a John, el abogado que se había mostrado bastante indiferente hacia ella hasta que había vomitado en su papelera. Le había asegurado que la identidad del padre era irrelevante, pero Raoul la miraba furioso, y no había nada de irrelevante en su gesto.

Había intentado no mirar a su antiguo jefe, breve amante, padre. Alto, moreno, sofisticado urbanita. Rígido. Implacable.

Pero sus ojos parecían tener vida propia y lo contemplaron, por primera vez en semanas. Estaba recién afeitado y vestía un impecable traje color carbón. Sus cabellos, recién cortados, reflejaban el estilo del exitoso hombre de negocios.

Y sus ojos, de un tormentoso color gris, la miraban fijamente.

—¿Te duele algo? —preguntó John—. Hemos llamado a una ambulancia.

Sirena miró aterrorizada a Raoul. Y de inmediato comprendió el error.

Rezó para que no juntara las piezas. Sin embargo, Raoul era la persona más inteligente que hubiera conocido jamás y seguro que no le había pasado desapercibido ningún comentario.

Si averiguaba lo del bebé se iniciaría otra batalla y no podría soportarlo. No podía consentir que se creyera con derecho a reclamar la custodia de su hijo.

—Sirena —habló Raoul con su voz gutural.

La joven se estremeció. Tras dos años oyéndole pronunciar su nombre con distintas entonaciones, comprendió que en ese momento encerraba una implacable advertencia.

—Mírame —le ordenó.

Bajo la mascarilla de oxígeno, la voz de Sirena al dirigirse a su abogado sonó hueca y débil.

—Dile que si no me deja en paz pediré una orden de alejamiento.

Capítulo 2

LA PRIMERA señal de la segunda batalla le aguardaba al regreso del hospital. Le habían hecho varias pruebas y, por el momento, el desmayo se atribuía al estrés.

No había situación más estresante que el temor a la cárcel mientras hacía frente a un embarazo no deseado. Leyó el correo electrónico que su abogado le había reenviado:

Mi cliente tiene razones fundadas para creer que su representada está embarazada de su hijo. Insiste en implicarse plenamente en los cuidados durante el embarazo y se hará cargo de la custodia, en solitario, tras el nacimiento.

A Sirena se le heló la sangre en las venas, aunque no la sorprendió. Raoul era un hombre posesivo y su reacción era previsible, pero jamás iba a permitir que le quitara a su bebé.

Con las lágrimas enturbiándole la visión, contestó a su abogado: *No es suyo.*

Ni por un instante pensó que Raoul quisiera a ese bebé, pues necesitaba seguir viéndolo como un monstruo, a pesar de los dos años que había vivido hechizada no solo por el dinámico magnate, sino también por el solícito hijo y protector hermanastro mayor. Sirena había llegado a considerarle una persona admirable, inteligente y exigente, que había hecho palidecer sus propios hábitos perfeccionistas.

No, se recordó mientras se preparaba una tostada. Era una persona cruel que no sentía nada, al menos por ella. Lo había demostrado al hacerle el amor y luego hacerle arrestar al día siguiente.

Pero el pasado había quedado atrás. Había cometido un terrible error y el juez había aceptado su arrepentimiento. Aunque no tenía ni idea de cómo iba a reembolsar seiscientos euros al mes, lo peor era cómo convencer a ese hombre de que el bebé no era suyo.

El temor a que su hijo creciera sin madre, como le había sucedido a ella, le había dado la fuerza para luchar con uñas y dientes contra la determinación de Raoul de verla en la cárcel.

Llevándose la tostada, un té y la pastilla contra las náuseas al sofá, comprobó en el portátil si había recibido alguna oferta de trabajo. Tras haber sido despedida tres meses atrás, su cuenta bancaria había menguado considerablemente.

Si pudiera dar marcha atrás al horrible instante en que había pensado «Raoul lo comprenderá»... Tomar el dinero prestado le había parecido lo más sencillo cuando su hermana había acudido a ella deshecha en lágrimas ante la imposibilidad de completar sus estudios de maestra. Tenía que abonar la matrícula y el pago que su padre había esperado recibir de un cliente no había llegado.

–Yo me haré cargo –le había asegurado Sirena.

Lo más seguro era que Raoul no se diera ni cuenta, mucho menos que le importara. A fin de cuentas le pagaba precisamente para que fuera ella quien se ocupara de esas minucias.

Pero el cliente de su padre se había declarado insolvente.

Sirena no había querido mencionarle a su jefe el

préstamo que ella misma se había aprobado hasta tener el dinero para reembolsarlo, pero el dinero no había aparecido y la oportunidad para explicarse no había surgido, no antes de que se sucedieran otros eventos.

No queriendo implicar a su padre, había asumido todas las culpas sin dar explicaciones.

Un aviso sonoro le indicó la llegada de otro mensaje. Era de Raoul. El corazón le dio un vuelco. *Mentirosa*, fue la única palabra que apareció en pantalla.

Añadió a Raoul a su lista de correo no deseado y envió un mensaje a John.

Dile que no puede contactar conmigo directamente. Si el bebé fuera suyo, le reclamaría una ayuda económica y habría solicitado clemencia cuando intentaba encarcelarme. El bebé no es suyo y quiero que ME DEJE EN PAZ.

Pulsar la tecla de enviar fue como apuñalarse a sí misma. Respiró dolorosamente y luchó contra una inmensa sensación de pérdida. La vida te golpeaba con cambios repentinos y había que hacerles frente. Lo había aprendido cuando su madre había muerto, y de nuevo cuando su madrastra se había llevado a su padre y hermanastra a Australia.

La gente se marchaba, desaparecía de tu vida lo quisieras o no.

Sirena se reprendió a sí misma por caer en la autocompasión y se concentró en el pequeño ser que jamás la abandonaría. Con dulzura posó una mano sobre la barriga. Mantendría a ese hijo a su lado, costara lo que costara. Ella era la única que ejercería el papel de madre, papel que sin duda Raoul intentaría arrebatarle. Estaba furioso y era despiadado.

Se estremeció al recordar esa faceta suya tras haber

pagado la fianza. Lo único que le había permitido soportar la humillación de ser arrestada y que le tomaran las huellas había sido la convicción de que Raoul no sabía lo que le sucedía. La consideraba la mejor ayudante personal que hubiera tenido jamás. Iba a enfurecerse al descubrir cómo la habían tratado.

Pero Raoul le había hecho esperar bajo la lluvia frente a su mansión a las afueras de Londres, apareciendo al fin con una expresión gélida reflejada en el rostro.

–He intentado localizarte –le había explicado Sirena–. Me han arrestado hoy.

–Lo sé –había contestado él–. Fui yo quien te denunció.

El espanto debía haber sido evidente, pero el gesto de Raoul apenas había cambiado. Un gesto de cruel desprecio. Raoul la despreciaba, y eso había dolido más que cualquier otra cosa.

Quiso morir, pero no podía. Se negaba a creer que su carrera y la incipiente relación con el hombre de sus sueños hubieran quedado arruinadas por un pequeño paso en falso.

–Pero... –ninguna palabra más surgió de su garganta.

Durante los dos años que habían trabajado juntos se había forjado entre ellos una amistad, una confianza y un respeto que les había llevado el día anterior a otro nivel.

–¿Pero qué? –le había desafiado él–. ¿Pensaste que acostándote conmigo cambiaría mi reacción al saber que me habías robado? Me aburría y tú estabas ahí, eso fue lo que pasó ayer. Deberías saber que yo no me ablando ante quienes me engañan. Búscate un abogado. Lo necesitarás.

Sirena tragó la tostada con dificultad. Raoul era el pasado. El futuro era suyo y de su bebé.

Sin embargo, durante las semanas que siguieron, los ataques de Raoul arreciaron. Los acuerdos económicos aumentaban en cuantía, acompañados de solicitudes de pruebas de paternidad.

Paseando nerviosa en el despacho de John, evitó recriminarle por anunciar el embarazo en la sala de juicios. No había admitido que Raoul fuera el padre, y estaba decidida a seguir así.

—John, ¿Por qué tengo que pagarte una minuta que no me puedo permitir si ni siquiera quiero hablar sobre este tema?

—Puede que tus deseos se hagan realidad, Sirena. Él ha dejado muy claro que es su última oferta, y que si no la aceptas de aquí al lunes, te quedarás sin nada.

Sirena se quedó paralizada. Era como contemplar un reloj de arena.

—Escucha, Sirena, ya te he explicado varias veces que no soy abogado de familia. Hasta ahora no ha importado porque te has negado a admitir que el bebé es suyo, pero...

—Es que no lo es —interrumpió ella, dándole la espalda. Ese bebé era solo de ella. Punto final.

—Es evidente que él cree que sí. Alguna relación debéis haber mantenido para que piense así.

—Una relación puede producirse a distintos niveles ¿no? —espetó ella.

—De modo que lo estás castigando por haber aportado menos que tú a esa relación.

—¡Sus amantes se gastan más en un vestido de noche y él pretende que me lleven a la cárcel! —exclamó Sirena—. ¿Qué clase de relación es esa?

—Entonces ¿le estás castigando por denunciarte o por no comprarte un vestido?

—No le estoy castigando —murmuró Sirena.

—No, a quien estás castigando es al bebé al que estás privando de un padre, sea Raoul Zesiger o no. ¿Qué te hace pensar que no sería digno como padre?

«En realidad, todo lo contrario», admitió Sirena para sus adentros. Había sido testigo de la adoración que profesaba la hermanastra de Raoul por él. Sería un padre protector y excepcional.

Sirena sintió que se le formaba un nudo en la garganta. Era cierto que estaba enfadada con él. En el fondo le aterrorizaba que el niño prefiriera a su padre antes que a su madre, pero eso no justificaba el que no permitiera a su hijo conocer a ambos progenitores.

–¿Has pensado en el futuro del bebé? –insistió John–. Hay ciertos privilegios...

Primero tenía que alumbrar a ese bebé. Eso era lo único en lo que debía pensar.

Su madre había muerto de parto al dar a luz al que hubiera sido su hermano pequeño. Su presión sanguínea era constantemente controlada y entre eso y las reuniones con los abogados, apenas tenía tiempo para trabajar y no conseguía pagar las facturas. El estrés era un factor añadido.

Aunque intentaba no pensar en ello, por primera vez consideró que su bebé necesitaría a alguien si ella no pudiera sacarlo adelante. Su padre y su hermana vivían en Australia.

–Sirena, no intento...

–¿Ser mi conciencia? –interrumpió ella–. El lunes tengo cita con el especialista. Dile que tendré en cuenta su oferta y que me pondré en contacto con él antes de que termine la semana.

–De modo que es el padre –John cambió de postura.

–Eso lo decidirá el test de paternidad –espetó ella, aferrándose a la única carta que le quedaba.

Raoul estaba a punto de volverse loco. Si Sirena estaba embarazada de su hijo, lo habría utilizado para intentar evitar la cárcel. Dado que no lo había hecho, no debía ser suyo. Pero también podría haberlo utilizado para obtener clemencia del juez, y tampoco lo había hecho. Intentaba ocultarle el embarazo. Y eso le llevaba a pensar que el bebé era suyo.

Pero, si él no era el padre. ¿Quién era?

Consideró a todos los hombres repartidos entre sus numerosas oficinas por todo el mundo con quienes la voluptuosa Sirena de cálida sonrisa podría haber mantenido una relación.

La idea le produjo una profunda sensación de repugnancia. Era evidente que su secretaria había llevado una vida secreta. Y tampoco había sido precisamente virgen cuando le había hecho el amor, aunque había parecido estar muy cerca.

Desde entonces, cada noche revivía el apasionado encuentro. Cada noche ella regresaba, acariciándole con sus sedosos cabellos, emitiendo un profundo gemido de rendición cuando él encontraba el núcleo de su placer.

Y cada mañana recordaba haber utilizado ese preservativo.

Un preservativo que debía llevar tanto tiempo en su cartera que ya no recordaba cuándo ni para quién lo había reservado aunque había agradecido tenerlo cuando un aguacero había arrojado a Sirena en sus brazos. Un traspiés y él la había sujetado caballerosamente.

Ella lo había mirado perpleja al sentir la erección contra su abdomen, abriendo los labios y contemplando su boca como si llevara toda la vida esperando ese beso.

Soltando un juramento, Raoul se levantó del sillón y caminó por su despacho de París. El recuerdo de los ojos teñidos de pasión fue sustituido por otro más reciente, la mirada de terror que le había dirigido cuando el abogado había revelado la existencia del embarazo.

El bebé era suyo. Esa mujer no tenía ni idea de hasta dónde sería capaz de llegar por ese bebé.

Pero, si el bebé era suyo, y esa mujer era una desfal-cadora que luego había intentado librarse acostándose con él ¿por qué no estaba intentando sacarle un acuerdo ventajoso?

Aquello no tenía sentido. Si al menos quisiera hablar con él. Solían comunicarse con mucha facilidad, termi-nando el uno la frase del otro, llenando los silencios con una mirada.

Mentiras, recordó. No había sido más que una pan-tomima para conseguir que confiara en ella, y había fun-cionado. A pesar de su vasta experiencia no había visto lo falsa que era esa mujer.

¿Y cómo demonios se había convertido en su padre? ¿Encapricharse de la secretaria era un rasgo genético que se heredaba? Su padre se había suicidado por un asunto de faldas.

Sin embargo, el interés por Sirena se había despertado en él desde el principio y, a pesar de ello, la había contra-tado porque estaba convencido de ser más fuerte que su padre.

Y no solo se había convertido en su padre, también es su madre, testigo de cómo había menguado la cuenta corriente mientras recibía una excusa tras otra, dulces mentiras.

«Iba a devolvértelo antes de que lo descubrieras».

Intentó bloquear el recuerdo de las palabras de Si-rena, diciéndole lo que cualquier imbécil esperaría oír de alguien pillado con las manos en la masa. El que la hubiera considerado como una persona honrada le hacía dudar de su capacidad de juicio, un duro golpe para su autoconfianza. Su debilidad le hacía sentirse poco digno y el reembolso de la cantidad sustraída no bastaría para recompensarle. A la gente como ella había que darle una lección.

Se recriminó el tiempo perdido por ese asunto, tiempo que debería haber dedicado al trabajo.

Pero la mayor pérdida de tiempo era el dedicado a intentar sustituir a la mejor ayudante personal que hubiera tenido jamás.

La mejor, aparentemente. Su único consuelo era que no la había ascendido a un puesto ejecutivo, tal y como tenía pensado. El daño que podría haber causado desde un puesto como ese sería incalculable.

No podía continuar así. Al final le había enviado un ultimátum bastante serio y le sudaban las manos ante la perspectiva de que pudiera rechazarlo también. Sirena lo conocía lo bastante bien como para saber que cuando decía su última palabra era la última de verdad. Además, era la primera vez que estaba en juego algo tan valioso como la sangre de su sangre.

No podía rechazarlo. Sirena Abbott era más avariciosa de lo que había aparentado, pero también era muy práctica y sin duda se daría cuenta de que había llegado al límite.

Y como si le estuviera leyendo la mente, recibió un mensaje del abogado.

Sirena Abbott tenía una cita el lunes y solicitaba el resto de la semana para pensárselo.

Raoul apretó los puños. ¡Qué mujer más estúpida! Cuando decía lunes, quería decir lunes.

Sirena entró en el portal de su casa, preocupada por la prescripción de reposo que le había dado el obstetra. También le preocupaban los efectos del medicamento que le había recetado.

Distraída, no se dio cuenta de que había alguien más

allí hasta que un hombre apareció de entre las sombras. El pulso se le aceleró al reconocerlo de inmediato.

Las llaves se le cayeron al suelo y, apretándose contra la puerta de cristal, se llevó una mano al cuello. El sol del atardecer arrancaba reflejos del anguloso rostro.

–Hola, Sirena.

–¿Qué haces aquí? –Sirena apretó los puños.

Ladeando la cabeza decidió que no la intimidaría, a pesar de que estaba a punto de romper la puerta de cristal de tanto apretarse contra ella.

–Supongo que no pensarías que iba a esperar hasta el viernes –continuó él.

–No te quiero ante mi puerta –protestó ella con calma–. Mañana revisaré los documentos.

–Hoy, Sirena –Raoul sacudió la cabeza.

–Ha sido un día muy largo, no lo empeores –la voz de Sirena estaba cargada de cansancio.

–¿Qué clase de cita tenías hoy? –Raoul entornó los ojos–. ¿Médica?

Ella sintió un escalofrío premonitorio. Algo le decía que no debía comunicar las inquietantes noticias, pero lo cierto era que las pruebas y el historial médico empezaba a pesar demasiado. Si alguna vez había pensado que podría evitar firmar un acuerdo de custodia compartida con Raoul, empezaba a darse cuenta de que iba a ser imposible no hacerlo.

–¿El bebé está bien? –preguntó él bruscamente.

–El bebé está bien –contestó ella, conmovida por la inquietud que reflejaba la voz de Raoul.

Si conseguía llegar a dar a luz, y asegurarse de que al menos uno de los progenitores pudiera ocuparse de criarlo, el bebé, en efecto, estaría bien y se enfrentaría a una larga y próspera vida.

–¿Y tú? –insistió Raoul.

–Estoy cansada –mintió ella–. Y tengo que ir al baño.

Son las cinco de la tarde, aún quedan siete horas para que acabe el día. Puedes volver a las once y cincuenta y nueve.

–No –Raoul apretó la mandíbula con fuerza mientras se agachaba para recoger las llaves del suelo–. Basta ya de juegos y de abogados. Tú y yo vamos a solucionar esto. Ahora.

Sirena intentó recuperar las llaves, pero él cerró la mano con fuerza y el contacto con sus nudillos hizo que ella se estremeciera violentamente.

Durante los últimos meses se había sentido demasiado agotada, y con demasiadas náuseas, para sentir ninguna clase de impulso sexual que, de repente, revivió ante el contacto con ese hombre.

–Dejemos clara una cosa –anunció con voz temblorosa–. Sea cual sea el acuerdo que alcancemos, todo quedará sujeto a los resultados de la prueba de paternidad.

Raoul se echó hacia atrás. Sirena sentía su mirada, como una lanza que la tenía clavada en el sitio. Aunque nerviosa, se sentía orgullosa por haberlo sorprendido.

–¿Quién más está en la lista?

–Tengo una vida más allá de tu imponente presencia –las mentiras surgieron espontáneas.

«No te rajes, Sirena». Lo único de lo que debía preocuparse era de su bebé.

–Terminemos con esto –sentenció.

Capítulo 3

RAOUL nunca había estado en el apartamento de Sirena y al entrar le sorprendió sentirse invadido por una sensación de familiaridad. Había tanto de ella...

Era una mujer muy aseada y de gustos sencillos, pero su sensualidad innata se reflejaba en las texturas y exquisitas mezclas de colores. La cocina americana era pequeña, pero con cada cosa en su sitio. Las plantas resplandecían bien cuidadas. Mientras Sirena se aseaba, echó una ojeada al minúsculo dormitorio, tan pulcro y limpio como lo demás. La cama era pequeña.

Sirena salió del aseo y lo miró con gesto de preocupación mientras colgaba el abrigo.

A su voluptuosa figura se había sumado una nueva curva que lo dejó sin aliento. Hasta ese momento, la palabra, «embarazada», solo era algo presente en mensajes hostiles y documentos legales. Pero al contemplar las ajustadas mallas y el top que marcaban la redondeada barriga, sintió una extraña opresión.

Sirena llevaba un hijo suyo en su seno.

Raoul se obligó a mirarla a la cara y vio desconfianza y algo más. Algo muy vulnerable que despertó sus más profundos instintos protectores.

Afortunadamente, Sirena desvió la mirada y Raoul recuperó la compostura. Se recordó que no debía permitir que esa mujer lo controlara. Sin embargo, no podía apartar la vista de la barriga. Durante dos años había

luchado contra el impulso de tocarla y solo había cedido
a su debilidad en una ocasión, y tuvo que hacer acopio
de toda su disciplina para no repetirlo.

–Voy a tomarme un vaso de agua y una naranja. ¿Te
apetece un café?

–Nada –contestó él, todavía molesto. Ni siquiera se
imaginaba qué haría si no era el padre.

No saberlo le inquietaba, sobre todo porque no entendía por qué ella lo atormentaba de esa manera.
Desde luego que su posición se haría más fuerte si fuera
el padre, pero la de ella también. Raoul haría cualquier
cosa por ese bebé y aunque la visión del embarazo no
debería afectarle tanto, solo podía pensar que su vida
había dado un vuelco. Cada decisión que tomara a partir
de ese momento debería tener en cuenta a ese diminuto
ser que crecía dentro de Sirena.

Sirena se acomodó en el sofá y le invitó a sentarse.
No hubo galanterías ni formalismos.

Raoul contuvo la avalancha de preguntas. Si necesitaba dinero ¿por qué no le había pedido un préstamo?
¿Un aumento de sueldo? ¿El embarazo había sido planeado?

La idea se le ocurrió mientras ella abría una carpeta
y sacaba un contrato lleno de anotaciones.

–Lo habías leído –observó él contrariado.

–Yo también he hecho los deberes –contestó Sirena.

Su piel, suave como la de un bebé estaba muy pálida. ¿No se suponía que las mujeres embarazadas resplandecían? Sirena no es que pareciera enferma, pero sí
tenía ojeras. Se frotó el entrecejo, tal y como solía hacer
cuando le dolía la cabeza por la tensión.

De repente, le asaltó la precariedad de su propia situación. Deseaba mostrarse despiadado, pero se enfrentaba a una mujer debilitada, además, su estado afectaría
al bebé.

–Quiero ver los informes médicos –exigió secamente.

–No tengo ningún problema en compartir los informes sobre el bebé –Sirena dio un respingo y contestó sin mirarlo a la cara–. Hasta ahora todo ha ido de libro. En mi portátil tengo una ecografía que te puedo reenviar –levantó la vista y él comprendió que le ocultaba algo.

–¿Quién eres? –murmuró Raoul–. Tú no eres la Sirena que yo conocía.

Su secretaria había sido una mujer alegre y cercana, de sonrisa fácil, siempre dispuesta a encontrarle el lado humorístico a todo. Pero esa mujer se mostraba seria y enigmática.

–¿Qué te hace pensar que me conociste alguna vez, Raoul? –el elegante arco de las oscuras cejas se elevó al tiempo que los perfectos labios se fruncían–. ¿Alguna vez te interesaste por mi vida? ¿Mis planes? ¿Mis gustos? Lo único que recuerdo son exigencias que giraban en torno a tu persona. Tu intención de trabajar hasta tarde, tu mal humor por no haber comido. Una vez chasqueaste los dedos ante mí porque no recordabas el nombre de la mujer con la que te habías acostado, la noche anterior. Necesitabas unas flores y una nota de despedida. Pues he de decirte que tu nueva secretaria se ha olvidado de mandarme las flores a mí también.

La audacia de Sirena ponía a prueba el ya de por sí mal humor de Raoul que pasó de sentir desdén a repugnancia, aunque, en efecto, no se había molestado en conocerla a nivel personal.

Sin embargo, no tenía la menor intención de darle una explicación.

–El agua helada que estás bebiendo parece haberte llegado directamente a la sangre –observó con cinismo.

–Sí, por dentro estoy hirviendo –Sirena le acercó la carpeta–. Si te parece, lee mis notas y empezaremos a partir de ahí.

Fría. Distante. Inalcanzable.

No había sido su intención convertirla en su amante. Cuando se acostaba con una mujer, lo hacía sin ninguna expectativa más allá del revolcón que le proporcionaría un alivio sexual. Sirena había estado demasiado presente en su vida laboral para cruzar la línea.

Y, sin embargo, lo había hecho. Y al parecer ella le recriminaba su mezquino comportamiento cuando se había acostado con él para sacar un beneficio.

Empezó a ojear las anotaciones. La primera era la negativa a acceder a las pruebas de paternidad antes de que naciera el bebé, momento en que el contrato entraría en vigor... si era el padre.

A Raoul no le gustó, pero accedió para poder continuar. A medida que leía, la cosa se complicaba.

—¿Por qué demonios tiene que ir todo a nombre del bebé?

—Yo no quiero tu dinero —contestó ella con tal seriedad que Raoul casi la creyó.

«Que no te engañe», se advirtió a sí mismo. Era evidente que quería su dinero, de lo contrario no le habría robado.

Todas las notas exigían cambios que favorecían exclusivamente al futuro económico del bebé y la dejaban a ella sin nada. La miró con recelo. Nadie renunciaba a tanto.

—¡Ah! —exclamó al llegar al codicilio—. Esto no.

—Tú no puedes amamantar al bebé. Tiene sentido que sea yo quien disponga de la plena custodia.

—¿Durante cinco años? Buen intento. Cinco días a lo sumo.

—Cinco días —masculló ella con tal odio que Raoul sintió un profundo escozor en la piel.

¿Eso era miedo? Los generosos labios se apretaron antes de continuar con voz temblorosa.

–Si no vas a mostrarte razonable, será mejor que te marches. De todos modos, no eres el padre.

Sirena se puso en pie y él la imitó, agarrándola del brazo. La redondeada barriga chocó contra él, provocándole una desconcertante sensación.

–No me toques –espetó ella estremeciéndose.

–¿Seguro que no quieres volver a suplicar mi clemencia? –preguntó él, consciente de que seguía sintiendo una gran atracción por ella. Si se le ofrecía, se mostraría receptivo.

–No te demandé por acoso sexual, pero hubiera tenido todo el derecho a hacerlo.

–Tú me deseabas tanto como yo a ti –Raoul dejó caer la mano y reculó, ofendido.

Recordó la expresión en el rostro de la mujer, el modo en que se había acoplado contra su cuerpo y gritado exultante ante las oleadas de liberación que les invadieron a ambos.

–No. Tú estabas aburrido –le recordó ella con rabia no exenta de dolor.

Raoul no debería sentirse culpable, pero así se sentía. Lo había dicho para salvar la cara, furioso por la traición y tras haber bebido mucho.

–Márchate, Raoul –le pidió ella con frialdad, derrotada–. Lamento haberte conocido.

La respuesta de que el sentimiento era mutuo, quedó colgando de la lengua de Raoul, sin embargo, se contuvo, asaltado por un repentino... ¿remordimiento?

–Contrataremos a un equipo de expertos para que elaboren la agenda del bebé durante sus primeros cinco años –Raoul se volvió a sentar, recordándose que la mujer que creía conocer no había existido jamás–. Cuando cumpla cuatro, empezaremos a negociar su educación escolar.

–Un equipo de expertos –repitió ella ahogando una carcajada–. Adelante. Me sobra el dinero.

–Si te preocupa el dinero ¿por qué estás rechazando el acuerdo?

–Porque no quiero dinero –respondió Sirena con calma–. Quiero a mi bebé.

Raoul apartó la mirada de su cuerpo, irritado por lo mucho que le afectaba. Sentía un irrefrenable impulso de consolarla, y no solo con palabras. Deseaba tanto abrazarla que dolía.

Él no era así. Tenía sus momentos de ternura, con su madre o hermanastra, a las que quería mucho y de quien se sentía responsable. Aún se sentía culpable al recordar la vida disoluta que había llevado en su primer año de universidad, sin saber el drama que se vivía en su casa. Por brutal e insensible que hubiera sido la adicción al juego de su padrastro, la muerte de ese hombre había destrozado el corazón de las dos mujeres que más amaba en el mundo. Enfrentado a la pobreza, Raoul no había podido soportar contemplar el dolor de su madre y de Miranda.

Y, sin embargo, nunca había caído en la tentación de abrazarlas o mimarlas para mitigar el dolor.

Entonces ¿por qué se moría por hacerlo con Sirena?

Siguió consultando el documento y, de repente, se le ocurrió que solo había tenido en cuenta su punto de vista y cómo el bebé afectaría a su vida.

Y allí estaba, leyendo la versión de Sirena. Una versión que insistía más en su deseo de quedarse con el bebé que en apartarlo de su padre.

–¿Alguna vez consideraste abortar? –preguntó él con repentina curiosidad.

–Sí.

La respuesta fue como un balazo, inesperada y letal, hasta que recapacitó. Si no hubiera decidido quedarse con el bebé, no estarían allí en esos momentos.

–Lo descubrí cuando estaba de pocas semanas –continuó ella aunque Raoul apenas parecía oír sus palabras–. Me pareció tener buenos motivos para no seguir adelante con el embarazo.

Razones como el peligro de ir a la cárcel o que un hombre que ella no deseaba en su vida le exigiera acceso al bebé. La aguda mente de Raoul lo comprendió enseguida y la sangre se le heló en las venas al pensar en lo cerca que había estado de no conocer la existencia del bebé.

–Pero no me sentía capaz de... expulsarlo de mi vida. Quiero a este bebé, Raoul –se volvió hacia él y lo miró con rabia–. Sé que es un error hacerte comprender cuánto lo quiero, porque sin duda lo utilizarás contra mí, pero debes saber que jamás permitiré que nadie me lo arrebate.

Raoul sintió una punzada de recelo, mezclado con orgullo y admiración. Sirena le estaba mostrando el instinto maternal que sus antecesores cavernícolas habrían buscado en una compañera. El macho alfa que llevaba dentro apreció esa cualidad en la madre de su hijo.

–Intentas convencerme de que no puedo sobornarte –concluyó en un intento de no dejarse llevar por los sentimientos. Esa mujer ya lo había engañado una vez.

–No podrías hacerlo. Si hablo contigo es solo para proporcionarle a mi bebé las mismas ventajas que su padre pueda otorgarle a sus futuros hermanos, ya sea apoyo económico o estatus social.

¿Futuros hermanos? La mente de Raoul se había quedado en blanco y evitó responder que ese hijo había sido totalmente inesperado y que no contemplaba que hubiera ninguno más. Nunca.

Tres meses después, Raoul daba los pasos necesarios para prepararse para el parto. Su agenda debía estar vacía en seis semanas y sentía expectación ante esas vacaciones que se avecinaban.

No sabía muy bien si era por el reto que representaba, o por la perspectiva de ver a Sirena.

No, se aseguró, el bebé era lo único que le interesaba. Se moría de ganas de conocer el sexo, tras saber que estaba sano y confirmar que era suyo, algo sobre lo que no había tenido dudas.

Fiel al acuerdo, Sirena le había mantenido informado de los progresos del bebé, si bien no se le había escapado el detalle de que no había mencionado nada sobre su propio estado. La segunda ecografía no había podido determinar con claridad que fuera un varón y Raoul había asumido que se trataba de una niña. Una niña de oscuros cabellos rizados y hermosos ojos verdes.

En cuanto a la paternidad, el hecho de que Sirena hubiera firmado el acuerdo lo convertía en el padre. La prueba programada para después del parto no sería más que un formalismo.

Aún faltaba mes y medio y tenía que organizar a sus empleados, revolucionados ante la noticia de que su jefe, director de una multinacional informática, iba a tomarse unas largas vacaciones.

Únicamente un puñado de sus subordinados más cercanos conocían el motivo, pero ni siquiera ellos sabían quién era la madre. Las escandalosas circunstancias de la infidelidad y suicidio de su padre habían convertido a Raoul en un hombre circunspecto. Nada relacionado con Sirena era del dominio público. Si alguien preguntaba, y lo hacían frecuentemente, se limitaba a contestar que Sirena ya no trabajaba en la empresa.

Una parte de él seguía echándola de menos, sobre todo cuando comparaba a sus sustitutas con ella. La muy recomendada señora Poole entró en su despacho con gesto de preocupación.

–Dije solo en caso de vida o muerte, señora Poole –le recordó él.

–Es muy insistente –contestó la mujer mientras le entregaba un teléfono móvil.

–¿Quién?

–Molly. Es sobre el acuerdo con la señorita Abbott.

Raoul no conocía a ninguna Molly, pero su instinto se puso en alerta.

–¿Sí? –contestó, excitado y curioso a la vez.

–¿El señor Zesiger? Soy la matrona de Sirena Abbott. Me ha pedido que le informe de que el bebé está en camino.

–Es demasiado pronto –protestó él.

–Sí, ha habido que inducirlo... –la mujer se interrumpió.

Se oyeron voces camufladas al fondo, pero Raoul no consiguió descifrar lo que se decía.

–Me acaban de informar que hay que hacerle una cesárea de emergencia.

–¿Dónde está? –exigió saber Raoul invadido por una profunda sensación de aprensión.

–Tenía entendido de que solo había que avisarle y pedir una prueba de paternidad...

–Ahórreme unas cuantas llamadas –la interrumpió él–, y dígame dónde está.

–Pero los resultados tardarán unos días en conocerse –protestó la mujer.

–Dígale que voy en camino –insistió él.

Pero la comadrona ya había colgado.

Capítulo 4

UNA mujer salió a su encuentro a la entrada del hospital. Su expresión era grave.

–¿Raoul? Soy Molly –la mujer le estrechó la mano y sonrió débilmente–. Es una niña. Ya le han tomado muestras y debería tener los resultados en unos pocos días.

El bebé había nacido. Y Raoul sentía una irrefrenable necesidad de ver a la niña.

Una niña. No se había dado cuenta de lo mucho que deseaba tener una. Y estaba sana y salva. La brusquedad de la llamada y la falta de detalles le había inquietado, pero todo estaba bien.

–Estupendo –se oyó decir a sí mismo, al fin capaz de respirar–. Me alegra saber que están bien –hizo un gesto con la mano, asumiendo que Molly le iba a llevar hasta la habitación.

Pero Molly no se movió.

–Los bebés prematuros siempre tienen más problemas, pero el pediatra confía en que saldrá adelante –la mujer parecía dudar si decir más o no.

–¿Y Sirena? –preguntó él.

Una extraña sensación mientras las palabras salían de su boca le hizo prepararse para lo peor. Un miedo lejano, aunque familiar que le envenenaba la sangre, hizo que se le encogiera el estómago. Y supo que rechazaría la respuesta antes de conocerla.

–Están haciendo todo lo posible –los ojos de Molly se llenaron de lágrimas.

Durante largo rato no sucedió nada. No hubo movimiento ni sonido alguno. Nada.

No. No tenía sentido. De repente se encontró apoyándose contra una pared para no caerse.

—¿Qué ha sucedido?

—No sabía si le había hablado de su estado —Molly se acercó a él y le agarró un brazo con sorprendente fuerza—. Ha sido un embarazo de riesgo por la hipertensión y la preeclampsia. Estuvo aguantando las últimas semanas para darle un poco más de tiempo al bebé, pero hoy supimos que si esperábamos más pondríamos en peligro la vida de ambas. Tras sufrir un ataque se optó por la cesárea. Ha perdido mucha sangre. Lo siento, sé lo duro que le resultará.

¿Duro? Apenas le quedaban fuerzas para sujetarse en pie. Se sentía aterrorizado. Sirena estaba a punto de salir de su vida y ni siquiera se lo había contado. De repente tuvo nueve años otra vez, apenas comprendiendo lo que veía, incapaz de obtener una respuesta del pesado cuerpo que sacudía con todas sus fuerzas. Había llegado tarde.

—¿Por qué demonios no me contó nada? —balbuceó furioso.

—Sirena nunca habló del acuerdo de custodia —Molly sacudió la cabeza—, pero tengo la impresión de que la relación ha sido algo hostil.

¿Tanto que le había ocultado que su vida corría peligro?

—¡No quiero que muera! —exclamó, las palabras surgiendo de sus entrañas.

—Nadie lo quiere —Molly habló en el tono de quien está acostumbrada a tratar con la tragedia.

El mismo tono en el que le había hablado la asistente social mientras apartaba al pequeño del cuerpo de su padre.

–Quiero verla –masculló entre dientes. Aquello no estaba sucediendo. No era real.

–No puedo. Pero... –la mujer pareció reflexionar–. Quizás nos permitan entrar en el nido.

Raoul se obligó a caminar tras Molly mientras su mente se debatía entre dos pensamientos. ¿Era suya la culpa de que Sirena corriera el riesgo de morir o era la de otro hombre? La idea de que una vida llegara a costa de la pérdida de otra le resultaba insoportable.

Se acercó a la diminuta criatura que yacía desnuda en la incubadora, el trasero cubierto por un enorme pañal y los cabellos ocultos bajo un gorrito. De su frágil cuerpecillo surgían muchos cables. La boquita, los labios de Sirena en miniatura, estaban fruncidos en un mohín.

Raoul no encontró nada de sí mismo en esa niña, pero en su interior nació una profunda necesidad de cuidarla. Pegando las manos al cristal, suplicó en silencio al bebé que aguantara. Quizás no quedaría nada más de Sirena...

Violentamente se resistió a aceptar esa idea y trasladó la súplica a través de las paredes del hospital hasta donde estuviera la madre del bebé. «Aguanta, Sirena. Aguanta».

Era la peor resaca de su vida. Le dolía el cuerpo y tenía la boca seca. Aturdida, posó una mano sobre la barriga. La prominente curva había desaparecido. Un gemido escapó de sus labios.

–Lucy está bien, Sirena –la voz era tranquila y reconfortante a pesar del tono de amargura.

–¿Lucy? –apenas conseguía abrir los ojos. La mirada gris de Raoul entró en su campo de visión.

–¿No fue lo que le dijiste a Molly? ¿Que querías que tu hija se llamara como tu madre, Lucille?

«¿No te importa?», estuvo a punto de preguntar. Aún no tenían los resultados de la prueba de paternidad y se preguntó si eso sería lo que le había impedido llevarse a Lucy del hospital.

Pero no preguntó. Apenas era capaz de formar palabras y necesitó de toda su concentración para permanecer imperturbable. Verlo allí le había provocado tal sensación de alivio que quiso echarse a llorar. Se fijó en la sombra de barba y el gesto de cansancio, pero se dijo que no había nada que leer entre líneas. Había trabajado hasta tarde y luego se había acercado al hospital camino de su casa.

–Deberías haberme dicho que no estabas bien –observó él con voz ronca.

El tono de acusación era tan fuerte que ella dio un respingo. Lo único en lo que podía pensar era en esos horribles momentos cuando le dijeron que tenían que sacar al bebé, no por Lucy sino por ella misma. Había sentido tanto miedo que a punto había estado de llamar a Raoul.

Y sin embargo, él la odiaba. No le importaba lo que le sucediera. Como siempre, estaba sola.

Había sufrido la inducción y los primeros dolores sin nadie a su lado, únicamente Molly a quien le había pedido que informara a Raoul de la situación. Y entonces algo había ido mal.

–¿Y por qué tenía que contarte nada? –lo desafió desde su frágil posición–. No me digas que te alegras de que haya salido de esta.

–Aún no lo has conseguido –espetó él con brusquedad inclinándose sobre ella y apoyando las manos a ambos lados de su cuerpo–. Y no vuelvas a acusarme de algo tan horrible.

–¿Me das un poco de agua? –Sirena intentó tragar saliva–. Por favor. Tengo tanta sed.

–No sé si te dejan –contestó él con un extraño brillo en la mirada.

Y de repente se inclinó sobre ella cual halcón que se lanza sobre una presa y cubrió su boca con sus labios durante un instante, humedeciendo con su propia lengua los resecos labios. El alivio fue increíble y el acto sorprendente e íntimo.

–Le diré a la enfermera que has despertado –sin decir nada más, Raoul se marchó mientras Sirena se preguntaba si seguía inconsciente y sufriendo alucinaciones.

Sirena jamás habría pensado que algo como la visión de su frágil y prematura niña pudiera hacerle derretirse de ese modo. Y de repente empezó a escuchar cómo Raoul había aprendido a cambiar pañales y a dar biberones. Raoul, que ni siquiera estaba seguro de ser el padre, se había repartido entre Sirena y Lucy, hablando sin parar cuando habían temido que entrara en coma. Únicamente, y después de que ella hubiera despertado, casi setenta y dos horas después del parto, regresaba a su casa para ducharse y dormir.

Pero no debía interpretarlo como una muestra de afecto. Si Raoul se ocupaba de Lucy era solo porque la reclamaba para sí mientras intentaba demostrar que ella era prescindible. Y, en cierto sentido, lo era. Le permitieron acunar al bebé en sus brazos, pero se sentía demasiado enferma y débil para nada más. Le sacaban la leche, pero no para dársela al bebé, sino para estimularla y que no se le cortara el suministro mientras dejaba de tomar medicamentos.

Sumida en la autocompasión, se arrastró hasta la cama, agotada tras cepillarse los dientes.

Raoul la pilló intentando subirse a la cama. Tenía una cadera apoyada en el borde del colchón y las piernas desnudas en jarras. Rápidamente intentó conservar algo de decencia en la postura.

Aparte de las ojeras que se veían bajo los ojos, Raoul estaba estupendo y olía muy bien. Durante un instante, Sirena se sintió nuevamente transportada a la oficina, saludando a su jefe recién afeitado, compartiendo un café con él mientras discutían sobre el día que tenían por delante.

–¿Qué haces aquí? –le preguntó mientras se subía trabajosamente a la cama.

Raoul se acercó y la ayudó.

–Yo no... –Sirena se puso tensa, pero él hizo caso omiso y la tomó en sus brazos con facilidad para acostarla y taparla con la sábana.

Temblorosa ante el íntimo contacto físico, ella se tapó hasta el cuello y lo miró furiosa.

–El médico dijo que traería las pruebas de paternidad hoy cuando venga a hacer la ronda.

Sirena sintió que el corazón abandonaba su cuerpo. No estaba preparada. La noche había estado llena de sobresaltos y pesadillas, la peor, que Raoul desaparecía con su hija.

Que Raoul desaparecía de su vida.

¿Por qué le importaba tanto que formara parte o no de su vida? Lo único que sentía por ese hombre era odio y desconfianza. Las últimas semanas del embarazo habían sido las más desoladoras de su vida y la lógica le aconsejaba no sentir nostalgia, pero no podía evitar alegrarse cada vez que lo veía aparecer. Entonces, las oscuras sombras que habitaban en su interior se disipaban un poco.

–¿Asustada? –Raoul debía haberle leído la mente–. ¿Por qué? ¿Por temor a que yo pueda ser el padre, o porque sabes que lo soy?

Sirena fue consciente de que estaba arrugando las sábanas con las manos. ¿De qué serviría mentir? Se humedeció los labios.

–¿Vas a quitármela si eres el padre? –preguntó con un hilillo de voz.

«¿Si soy el padre? ¡Maldita bruja!», pensó Raoul. Los últimos tres días habían sido un infierno, sintiéndose cada vez más unido a esa ranita, y al mismo tiempo recordando que quizás no fuera suya.

Al igual que su madre.

–De haber querido, habría podido llevármela ya –espetó–. Debería haberlo hecho.

No era del todo cierto. El hospital le permitía visitar al bebé, pero solo porque había insistido hasta la saciedad. Sin embargo, jamás le habrían permitido marcharse con ella.

Pero si a Sirena le angustiaba la posibilidad, tanto mejor. Quería castigarla.

De repente la vio palidecer. ¿Iba a desmayarse? Rápidamente la tumbó contra la almohada.

Sirena intentó rechazarlo, pero solo acertaba a moverse a cámara lenta. Su expresión torturada reflejaba la maraña de emociones que la asaltaban. Frustración ante su propia debilidad, dolor físico, rechazo ante la audacia de haberla tocado, y terror. Un terror salvaje en los ojos verdes. «Un punto para mí», pensó Raoul mientras intentaba ignorar el sentimiento de culpa alojado en la boca del estómago. Solo podía pensar en las interminables horas que había pasado allí mismo, diciéndole a esa mujer lo injusto que era que un crío creciera sin uno de los progenitores.

Hasta ese momento, los lazos de sangre no habían tenido ninguna importancia. Lucy y él se habían unido ante la perspectiva de que el bebé sufriera el dolor que sentía Raoul. Cada vez que le había suplicado a Sirena que aguantara, había repasado mentalmente todo lo que sabía de ella, por si acaso debía convertirse en la fuente de información de Lucy sobre su madre.

Era evidente que Sirena quería a su hija. Al repasar los detalles de un embarazo que había estado a punto de matarla, Raoul se había preguntado qué sentiría hacia el padre de su hija. ¿Sabría ese hombre alguna vez lo que había arriesgado por ese bebé?

Si ese hombre fuera él... el estómago se le encogió en torno a algo muy profundo, algo que no quería reconocer porque estaría en deuda con ella.

–Buenos días –el médico entró en la habitación–. Sé que ha estado esperando esto, Raoul. Permítame tranquilizarle. Es usted el padre biológico de Lucy.

Raoul sintió un inmenso alivio que lo llenó de confianza y orgullo hacia su hija, ese pedacito de carne que luchaba con fuerza por su vida.

No hubo ninguna reacción por parte de Sirena que mantuvo el mismo gesto, como si ni el médico ni él mismo estuvieran en esa habitación.

–No voy a quitártela –balbuceó él. Las palabras abandonaron sus labios antes de que se diera cuenta, dejándole una sensación de irritación ante el silencio que obtuvo por respuesta.

Ella le dedicó una mirada llorosa de incredulidad que le sobrecogió.

La acusación que le había lanzado el día anterior de que no le hubiera importado que muriera lo enfurecía tanto que no tenía palabras. El padre de Raoul los había abandonado, a él y a su madre. Jamás sería capaz de separar a una madre de su bebé.

–¿Cuándo podré llevármela a casa? –preguntó Sirena al médico.

En la mente de Raoul se formó la imagen de una Sirena desmayándose, sola en su casa.

–No te la llevarás a tu apartamento –sentenció bruscamente.

–Pero acabas de decir... –Sirena lo miró con gesto angustiado.

–Acabo de decir que no soy tan ruin como para quitarte a la niña. Pero tú, en cambio, estás más que dispuesta a mantenerla alejada de mí ¿verdad? –la realidad era evidente.

–Esperemos primero a que tanto Lucy como la madre se hayan repuesto –interrumpió el médico–, después hablaremos de dónde vivirá la niña.

El médico se marchó de la habitación dejando a Sirena en un mar de dudas

–El contrato acaba de entrar en vigor –le recordó ella a Raoul–. Me ceñiré a él.

–¿Lo harás? Porque hasta ahora has hecho todo lo posible por ocultarme que era mía –Raoul estaba furioso–. ¿Cómo has podido? Perdí a mi padre, Sirena.

–Y yo perdí a mi madre –exclamó ella–. ¿Por qué crees que le hice frente al hombre más despiadado del mundo? –cerró los ojos e intentó recuperar el control–. Realmente sabes cómo hacer que la vida de una mujer sea un infierno, Raoul. Ni siquiera soy capaz de arrastrarme por el pasillo para poder verla y tú estás jugando a tus estúpidos acertijos mentales. «No te la quitaré, pero no podrás tenerla». A lo mejor, si mostraras siquiera una brizna de compasión, te harías acreedor de un lugar en su vida.

Sirena se cubrió los ojos con un brazo, reteniendo las lágrimas, concentrándose en la respiración. Lo peor era que se sentía horrible por apartarlo de Lucy. Raoul tenía derecho a enfadarse por ello, pero lo hecho, hecho estaba.

–Vamos –ordenó Raoul con voz ronca.

Sirena miró perpleja la silla de ruedas que él había acercado a la cama.

–Te llevaré a ver a Lucy. Nos calmaremos y empezaremos a comunicarnos como adultos.

–No seas tan amable –gruñó ella–. Hace que me sienta fatal.

–Y deberías sentirte fatal –él la tomó en brazos y la ayudo a sentarse en la silla.

–No puedes imaginarte cuánto la quiero, Raoul –Sirena se cubrió el rostro con las manos–. Y tú te has comportado de una manera horrible, intentando quitármela desde que descubriste que estaba embarazada. ¿Qué otra cosa podía hacer salvo mentirte sobre la paternidad?

–Te equivocas –Raoul empujó la silla–. Soy plenamente consciente de cuánto la quieres, porque yo siento lo mismo. Por eso me he mostrado tan inflexible. No sabía lo de tu madre. Pensé que te estabas vengando de mí por llevarte a juicio.

–No –susurró Sirena–. Estoy enfadada contigo por eso, pero... solo quiero ser su madre.

–¿Qué le pasó a la tuya? –preguntó él con más calma de la que ella le había oído nunca.

–Lo mismo que a mí, aunque tuvo otras complicaciones. No es hereditario, pero siempre supe que tener un bebé no es tan fácil para algunas mujeres como para otras. Yo tenía seis años cuando murió y apenas la recuerdo, por eso no soporto la idea de que Lucy crezca sin su madre.

Raoul permaneció en silencio sin dar ninguna pista sobre el impacto que hubieran podido producirle sus palabras. Sirena no podía girarse por completo en la silla, ni tampoco deseaba hacerlo. Quizás estuviera interpretando su confesión como una súplica de compasión, cuando lo cierto era que se sentía tan expuesta tras abrirle su corazón que apenas podía soportarlo.

Se alegró de llegar al cálido ambiente del nido y, segundos más tarde, mientras acunaba a Lucy en sus brazos, el mundo pareció casi dolorosamente perfecto, incluso con la imponente presencia de Raoul a su espalda. Quizás incluso gracias a su presencia. Por mucho resentimiento que albergara contra él, deseaba que Lucy tuviera un padre.

Tras alimentarla, cambiarle el pañal y recibir un informe sobre el estado de la niña, Raoul llevó a Sirena de vuelta a la habitación. Estaba muy callada, y visiblemente agotada, pero el silencio entre ellos ya no era hostil.

—Gracias —murmuró ella cuando Raoul la ayudó a acostarse. Segundos más tarde dormía.

Una nueva punzada de culpabilidad asaltó a Raoul por no saber realmente nada de esa mujer.

No le gustaba su cambio de actitud, pues le hacía cuestionarse los motivos de Sirena para robar y no quería desarrollar un sentimiento de compasión o perdón hacia ella.

Lo que no podía poner en duda era el amor de Sirena por su hija. En el nido había regresado la antigua Sirena, todo sonrisas y alegría, haciendo reír a las enfermeras. El propio Raoul había tenido que reprimir una carcajada en más de una ocasión, luchando contra el deseo de bajar la guardia y caer nuevamente en el hechizo de esa mujer.

Una idea empezaba a tomar forma en su mente, una idea ridícula y escandalosa. Tenía que distanciarse de ella y, sin embargo, ambos estaban condenados a entenderse por el bien de Lucy.

La tregua persistió durante las semanas que siguieron, en las que Raoul pasaba la mayor parte del día con ellas. Sirena dejó de utilizar la silla de ruedas y empezó a amamantar directamente al bebé, incluso se llevaba a Lucy con ella a la habitación para pasar la noche. La relación entre ellos era impersonal, pero tranquila. Mientras ella no le diera motivos de crítica, todo iría bien.

Mientras tanto, la perspectiva de llevarse al bebé con ella al apartamento, cuando ni siquiera podía cuidarse ella misma, le carcomía. Debería haberse sentido feliz por recibir el alta médica, sin embargo, se sintió tan agobiada que apenas podía contener las lágrimas.

Por supuesto, Raoul apareció en ese preciso instante, muy guapo y elegante. Y Sirena comprendió que tenía un problema mucho mayor, un problema sombrío, atractivo y vengativo.

–Ya te dije la semana pasada que no permitiré que te la lleves a tu apartamento.

–Y yo te recuerdo que firmamos un acuerdo que me permitía hacerlo –contestó ella intentando conservar la calma–. Las noches con Lucy son mías. Tú podrás visitarla durante el día, igual que has estado haciendo aquí. ¿Estamos ignorando al grupo de expertos que contrataste?

–Tienes tanta energía como una florecilla pisoteada. ¿Y si sucediera algo? No. Os venís a casa conmigo –sentenció Raoul.

Durante unos segundos, Sirena no pudo siquiera pestañear. «¿Yo también? ¿No solo Lucy?», repetía machaconamente una vocecilla en su cabeza. El pulso inició un alocado galope y una chispeante excitación le recorrió todo el cuerpo.

«¡Contrólate, Sirena!».

–Aún llevo las grapas, Raoul, no intentes hacerme reír –contestó ella en un intento de aclarar sus ideas. ¿Alojarse en su casa? Vivir a su costa diezmaría su orgullo y estaría en deuda con él.

–Es verdad –asintió él–. Grapas, tubos y una bolsa de sangre de otra persona. Tomas medicamentos que te aturden y tienes que llevar al bebé a revisión. Y no puedes hacerlo sola.

Sirena tenía amigos a quien poder recurrir, pero solo puntualmente.

–¿Por qué te ofreces? –la frustración hacía que la voz sonara aguda–. No quieres tener nada que ver conmigo –lo acusó, manifestando en voz alta sus temores.

–Puede que no seas mi ideal como madre de mi hija –él ladeó la cabeza–, pero no puedo obviar el hecho de que lo seas, ni que la amas tanto como yo. Ambos queremos estar con ella y tú necesitas que te cuiden. Que vengáis a mi casa es la mejor opción.

El arrogante «puede que no seas mi ideal», escocía salvajemente. Sirena era consciente de que su aspecto debía ser horrible, los cabellos aplastados y sin brillo, nada de maquillaje. Su cuerpo no recuperaría la figura en mucho tiempo.

¿Salía con alguien?, se preguntó. Mientras trabajaba para él no había podido evitar estar al corriente de esos detalles, pero, curiosamente, después de haber sido despedida había descubierto que no estar al corriente era mucho peor que estarlo. ¿Cómo se iba a sentir si descubría que salía con otra mujer mientras ella vivía bajo su techo?

–Ni siquiera nos gustamos –Sirena interrumpió sus pensamientos–. Sería un desastre.

–Vamos a tener que aguantarnos por el bien de Lucy ¿no crees? –contestó el.

–¿Y el que yo dependa de ti favorecerá la buena voluntad? Lo dudo –protestó ella a pesar de que su mente ya barajaba la posibilidad de hacer algún trabajo de transcripción de vez en cuando mientras él se ocupaba de su hija. De ese modo podría conservar su casa.

Raoul cruzó los brazos sobre el pecho y puso su aguda mente a trabajar en la búsqueda de un argumento que diera por zanjada la cuestión. No es que le gustara la idea de tenerla alojada en su casa, se recordó. Lo hacía por su hija.

–¿No dijiste que esperabas que le ofreciera a Lucy el mismo trato que al resto de mis hijos?

Raoul se sintió orgulloso de su buena memoria. Con ello justificaba la decisión de llevársela a su casa. Lo que menos le apetecía era desayunarse con una mezcla de traición, nostalgia y atracción, pero las necesidades de Lucy estaban por encima de las suyas.

Sirena comprendía la lógica del argumento, pero no conseguía aceptarlo. El desapasionado razonamiento de ese hombre manifestaba una falta de sentimientos. Era pura frialdad.

También era la salida perfecta que le permitía aceptar un descabellado acuerdo. Sin embargo, temía estar cediendo a la tentación y sabía muy bien por qué. Una estúpida parte de ella seguía confiando en poder lograr explicarse y obtener el perdón de ese hombre.

La experiencia con su madrastra le indicaba que era ilusorio pensar que podía ganarse la admiración de Raoul, pero eso no alteraba el hecho de que deseara que dejara de odiarla.

Raoul quería estar con su hija. Era lo único que le motivaba y estaba intentando asegurárselo con su habitual comportamiento autoritario al que se sumaban unos infinitos recursos. Y todo envuelto en un gesto casual cuando, seguramente, lo tenía todo bien atado.

—¿Nunca te he dicho lo irritante que puedes resultar cuando crees haber dicho la última palabra? —murmuró ella mientras seguía buscando una excusa para rechazar el ofrecimiento.

—No es que crea haber dicho la última palabra, sé que lo he hecho. El médico no te dará el alta a no ser que tengas un plan. Y yo soy ese plan.

—Es como si me estuvieras sacando de la cárcel bajo fianza.

—Cuidado, Sirena —cada músculo en el cuerpo de Raoul se tensó visiblemente—. En cuanto hayas recuperado las fuerzas no me mostraré tan benévolo. No he olvidado nada.

—Sabrás que no puedo tener sexo hasta dentro de unas cinco semanas —espetó ella—. Si esperabas tener un cómodo alivio a mano, olvídalo.

Raoul le dedicó una mirada que le recordó que estaba muy lejos de tener su mejor aspecto. Y en ese instante, Sirena odió a ambos. ¿Por qué le importaba si se sentía atraído hacia ella, o si lo había estado alguna vez? No lo había estado. Él había estado excitado y ella, disponible. Se lo había dicho claramente. Al parecer, tenerla bajo su techo no iba a bastar para tentarlo de nuevo. Lo que debería haber supuesto un consuelo se convirtió en una puñalada en el corazón.

–Solo hasta que el médico me permita volver a vivir sola –accedió Sirena al fin, ruborizándose violentamente por la humillación–. Cuando haya recuperado las fuerzas, me llevaré a Lucy a mi apartamento.

–Ya cruzaremos ese puente cando lleguemos a él.

A pesar del recibimiento de jardines en flor en la residencia de Ascot, Sirena sentía hielo en la sangre al cruzar las mismas puertas ante las que Raoul le había tenido esperando bajo la lluvia.

Después de aquel encuentro sus objetos personales le habían sido devueltos y las llaves, tarjeta de identificación y tarjetas de crédito retiradas.

Incapaz de mirarlo a la cara, Sirena posó una mano sobre el cálido cuerpecito de su hija, instalada en el coche entre sus padres, mientras el chófer detenía el vehículo bajo el porche. Cuando se dispuso a soltar el cinturón de seguridad de la niña, Raoul le apartó las manos.

–Yo la llevaré –sentenció él secamente mientras le entregaba la bolsa de los pañales al chófer.

Muy a su pesar, Sirena tuvo que aceptar con mano temblorosa el brazo que le ofrecía Raoul para poder salir del coche. Sus músculos ardían por el esfuerzo de ponerse de pie sobre las debilitadas piernas y el dolor le laceraba la cintura.

Mientras subían las escaleras, él la sujetó con un brazo, prácticamente llevándola en volandas.

Sirena emitió una exclamación de protesta, pero no pudo evitar aceptar su ayuda.

–No deberían haberte dado el alta –habló él secamente.

–No me gusta estar tan débil –murmuró ella, apartándose de su lado mientras entraban en la casa–. Incluso aquella vez, en Perú, conseguí seguir adelante. Me pondré bien. Tengo que hacerlo –agotada, se dejó caer en el mullido banco del recibidor.

–¿Cuándo estuviste enferma en Perú? ¿Aquella vez en que la mitad de los asistentes a la conferencia se intoxicaron con la comida? Tú no te pusiste mala.

–¡Sí lo hice! Pero alguien tenía que ocuparse de todo, cambiar las reservas de los vuelos. No recuerdo que te ofrecieras voluntario.

Raoul se irguió y abrió la boca, pero ella agitó una mano en el aire para silenciarlo.

–Era mi trabajo y no me quejo. Tan solo digo que nunca me había sentido tan mal como entonces, pero esto es mucho peor. Odio estar así.

–Deberías habérmelo contado. Entonces y ahora.

–Era mi trabajo –repitió ella ignorando su reproche para recordarle la ética de que siempre había hecho gala en su trabajo.

–Espero que me comuniques tus necesidades, Sirena. Yo no sé leer la mente. Te llevaré a tu habitación para que puedas descansar. ¿Podrás subir las escaleras tú sola o prefieres que te haga preparar una habitación en la planta baja?

–Arriba estará bien, pero Lucy necesita una toma antes de que pueda acostarme –Sirena mantuvo deliberadamente la mirada en el bebé para evitar mirar a su alrededor. Estúpida romántica, había llegado a soñar con convertirse en la señora de aquella casa.

La estancia en la que se instaló para dar el pecho era una de sus preferidas, decorada en tonos mediterráneos, muebles modernos y vistas al jardín inglés. Raoul recibía influencias de todo el mundo, desde sus cálidos ancestros españoles por parte de madre hasta la precisión suiza de su padre. Había sido educado en los Estados Unidos de Norteamérica, donde había incorporado la cultura moderna. Todas sus casas eran elegantes, cómodas y eclécticas.

Y todas llevaban un marcado sello: el suyo.

Raoul permaneció junto a ella, navegando por la pantalla del teléfono móvil, haciendo todas esas cosas que ella solía hacer por él. Sirena sintió una punzada en el corazón. Le había encantado trabajar para él. Durante los últimos meses se había ganado la vida haciendo transcripciones, pero no era nada comparado con ese puesto que le había llevado por el mundo.

—¿Vas a ir a la oficina esta tarde? —preguntó, sin estar muy segura de si quería que se marchara.

Mantenerse a la defensiva resultaba agotador, pero una parte de ella necesitaba su proximidad como el cactus la escasa lluvia.

—Ellos me están preguntando lo mismo. Todo está hecho un lío. Cuando te pusiste de parto lo estaba organizando todo para una ausencia que creía iba a producirse dentro de un mes.

—Lo siento —se disculpó ella sin pensar. «¿Por qué te disculpas? ¡No ha sido culpa tuya!».

—Advertirme de la posibilidad de un parto prematuro podría haber sido útil.

—Lo último que me faltaba era una dosis añadida de estrés teniéndote todo el día al teléfono dándome órdenes —espetó ella irritada—. Seguí las indicaciones del médico e intenté llevar el embarazo a término. No podía hacer nada más. ¿El momento del parto no te convino?, pues bienvenido a la paternidad. Creo que ambos tendremos que adaptarnos.

–Lo único que digo es que habría venido bien un poco de comunicación. Guardártelo todo para ti no deja de meterte en líos –el suave tono de voz estaba cargado de amenaza.

–Claro, porque tú me diste muchas facilidades para comunicarme contigo tras informarme, a través de los cargos que me leyeron tras el arresto, de que sabías que faltaba dinero.

–Antes de eso –espetó Raoul con la mandíbula apretada y la mirada fría, aunque sus ojos emitieron un destello de algo parecido a la culpabilidad–. Podrías haberme contado que tenías problemas financieros. Habríamos encontrado la solución. Robar fue intolerable.

–Estoy de acuerdo. Por eso solo tomé el dinero prestado.

–Eso dices –masculló él entre dientes–. Pero si tu...

Lucy regurgitó y Sirena la incorporó de inmediato, antes de mirar a Raoul, esperando que concluyera la frase. Sin embargo, los ojos grises estaban absortos en la contemplación del pecho desnudo. Sirena había llegado a la desmoralizante conclusión de que no había ninguna dignidad en un parto, ni después. Hacían falta dos manos para manejar a un recién nacido, lo cual te impedía cerrar el sujetador tras dar el pecho.

–Sácale los gases –le ordenó a Raoul, avergonzada.

El incómodo momento no había sido más que el preludio de una batalla que prometía convertir su estancia en aquella casa en un pedacito de infierno.

Raoul la ayudó a subir las escaleras, la tapó con una colcha y encendió el monitor del bebé. Sirena sintió unas inmensas ganas de llorar, invadida por un sentimiento de alivio y gratitud, mezclado con unas elevadas dosis de frustración y miedo. No era así como había esperado que fuera su vida y no sabía qué le aguardaba. No podía confiar en Raoul, pero tenía que hacerlo.

–No me he fijado dónde has dejado a la niña –protestó–. Si la oigo, no sabré adónde ir.

–El monitor es para que yo pueda oírte a ti –contestó él con una sardónica sonrisa–. Lucy está en su cunita en mi despacho.

El deseo de llorar se hizo más fuerte. Raoul era el más capacitado, ella jamás estaría a su altura. Sirena cerró los ojos y apretó los temblorosos labios, rezando para que él no se diera cuenta de lo vulnerable que era. En escasos segundos estuvo dormida.

Raoul frunció el ceño y luchó contra el impulso de acariciarle el rostro. Necesitaba descansar.

Aun así, esa mujer se empeñaba en agotarse con interminables discusiones. ¿Cómo sería cuando recuperara las fuerzas? Había reconocido la agudeza de Sirena en varios gestos, pero la hostilidad y los desafíos eran nuevos para él. ¿Hasta qué punto había reprimido su verdadera personalidad cuando trabajaba para él porque era su jefe?

Y también porque deseaba engatusarle para que no echara de menos el dinero.

Aquello no encajaba con la mujer que se había obligado a trabajar estando enferma, la que había seguido adelante con un embarazo de riesgo para darle a su bebé el mejor comienzo posible, a pesar de que el parto podría haberla matado.

El recuerdo de una pálida Sirena llena de tubos y cables jamás abandonaría su mente.

También le afectaba el evidente amor que profesaba por su hija y su preocupación ante las revisiones médicas. La manera en que lo miraba, buscando su interpretación y que la tranquilizara. Una parte suya, muy cínica, le advertía contra volver a encapricharse de ella, pero la conexión de esa mujer con el bebé era demasiado real para ser fingida.

Por otro lado estaba la atracción física, más fuerte que nunca. No había podido evitar mirar fijamente el pecho desnudo. Y el delicioso trasero le pedía a gritos que posara sus manos sobre él. Cada vez que se acercaba lo suficiente para respirar su olor, sentía el impulso de atraerla hacia sí y besar esos carnosos y deliciosos labios.

Raoul se frotó la cara, más preocupado que nunca por una mujer a la que jamás debería haber tocado. Lo que necesitaba era ponerse a trabajar. Era lo que le había servido de vía de escape ante el suicidio de su padre. Desde los veinte años, en cuando la perfidia de su padrastro se hizo evidente, se había sumergido en el objetivo de recuperar la economía familiar.

A pesar de haber abandonado la universidad, había conseguido desarrollar una versión básica de un programa informático, y venderlo le había salvado de sentirse un fracasado por no haberse dado cuenta de lo que hacía su padrastro. Desde entonces no había hecho otra cosa que acumular dinero, creando un gigantesco colchón para la familia.

Una familia a la que se había incorporado una indefensa niña, motivándole más que nunca.

¿Y la madre del bebé?

Sentado ante el escritorio, consultó el monitor y se preguntó si alguna vez encajaría en su vida.

Capítulo 5

EN CIERTO modo vivir con Raoul era muy sencillo. La comunicación subliminal que habían establecido había sentado las bases. Sirena conocía sus estados de ánimo y los límites a la hora de crear un espacio en el que ella tuviera cabida. Además, dedicaba tanto tiempo al trabajo que ella podía estar tranquila hasta que él se tomaba un respiro para ir a ver a su hija.

Sin embargo, el que se mantuviera fuera de su vista, no significaba que lo tuviera fuera de su mente. ¿Por qué tenía ese radar interno que captaba su presencia de inmediato? Saberlo tan cerca hacía que su mente viajara de regreso a aquella tarde lluviosa.

—¿Ese era el médico? —preguntó él sobresaltándola con una sacudida de inesperada excitación.

Intentando disimular la alegría que sentía por dentro solo con verlo, Sirena colgó el teléfono.

—Indra, mi vecina —le aclaró, sonrojándose.

—¿Ha sucedido algo? Tenías el ceño fruncido.

«No me analices», quiso gritar Sirena. Jamás habría creído posible añorar la época en la que era una pieza más del mobiliario de la oficina de ese hombre. La altiva actitud que había mostrado entonces era mucho más llevadera que el que observara cada uno de sus movimientos.

—Todo va bien —contestó ella con fingida despreocupación—. Quería saber cuánto tiempo iba a estar fuera de mi piso. Cuando yo viajaba, si coincidía con alguna visita de su familia, podía alojarse en mi casa. Su sobrina va a ir con su nuevo marido y les gustaría algo de intimidad.

Una incómoda corriente sexual tiñó su rostro de rojo carmesí. Todavía no tenía permiso para tener sexo y Raoul le había dejado bien claro que no le interesaba. Desesperadamente deseó poder tragarse sus últimas palabras.

–¿Y qué le has dicho? –Raoul deslizó la mirada por el ajustado jersey y pantalones de yoga que abrazaban el redondo trasero. Su voz no revelaba ninguna emoción.

–Que me gustaría poder ayudarla, pero que pronto iba a necesitarlo –ya estaba trazada la línea.

–¿Fue eso lo que te dijo el médico? –él la miró fijamente.

–Nada de piscina durante una semana, aunque sí dar paseos cortos. Y que duerma –ella lo miró con severidad–. Al parecer nadie le ha explicado que los bebés son criaturas nocturnas.

–¿Y por qué no me has dicho nada? –Raoul frunció el ceño–. Puedo levantarme yo.

–¿Qué sentido tiene? Tus pechos no son productivos.

–Puedo cambiarle el pañal y dormirla de nuevo, igual que tú –señaló él.

Sirena se puso tensa. Raoul se había revelado como el padre generoso e implicado que sabía sería, pero después de tantos años sola, no estaba acostumbrada a compartir tareas.

–Necesito arreglármelas sola –le explicó–. Dentro de poco no me quedará otra elección. Además, tú trabajas, necesitas descansar.

–¿Y cómo llamarías tú a las transcripciones que haces? –preguntó él irritado–. Estás pidiendo a gritos una recaída si te fuerzas hasta el límite –habló en modo altivo.

–No me voy a exceder. Mi prioridad es recuperarme.

Sé que mi libertad con Lucy depende de ello –Sirena sonrió–. No te preocupes, no dependeré de ti más tiempo del necesario.

Lo cual no pareció tranquilizar a Raoul que frunció el ceño. Por suerte, Lucy eligió ese momento para despertarse y Sirena tuvo así un motivo para escapar de su intensa presencia.

La perfecta libido de Raoul observó el delicioso trasero de Sirena salir de la habitación. Era muy consciente del significado de los repentinos sonrojos y desapariciones.

Cuando había contratado a Sirena ya había observado esos pequeños gestos que delataban la atracción que había despertado en su secretaria. Para él no había significado nada, ya que las mujeres solían reaccionar de ese modo ante él. Tenía dinero, buena presencia y siempre iba impecablemente vestido. La reacción de Sirena había sido una de tantas.

Y así la había ignorado, junto con su propia curiosidad sexual, hasta «ese día». Después, Sirena se había mostrado tan débil y enferma que se sentía como un libidinoso incluso por los pensamientos más puros. Pero la manera en que se alisaba los cabellos y se erguía mientras intentaba fingir que no le alteraba su presencia, resultaba desquiciantemente seductora.

Con énfasis en «desquiciantemente». ¿Y qué si su cuerpo se había recuperado lo suficiente para sentir un destello de química? No podía aprovecharse de ello. Apenas eran capaces de mantener una relación civilizada. El sexo solo convertiría una situación complicada en algo inviable.

Su libido agradecería que ella se marchara a su casa, admitió Raoul a regañadientes. La reacción involuntaria de Sirena lo había excitado hasta el punto de que la erección presionaba fuertemente contra los pantalones, urgiéndole a ir en busca de la mujer que lo había incitado y hallar alivio en las húmedas profundidades que lo habían recibido con entusiasmo hacía un año.

Un año que había dedicado a intentar olvidarlo todo.

Achacó el largo período de abstinencia al tiempo dedicado al trabajo y los abogados. Había estado demasiado ocupado para citas. Desde luego no era porque estuviera tan obsesionado con una mujer en concreto que no le sirviera ninguna otra. Eso no.

A punto de apagar la luz del dormitorio, oyó llorar a Lucy. Sirena le había dejado muy claro que las noches eran suyas, pero aquello era ridículo.

Para cuando llegó a la habitación de Lucy, la niña ya se había calmado y Sirena estaba cerrando la puerta, dando un respingo sobresaltada al descubrir su presencia en la oscuridad.

–¡Me has dado un susto de muerte! –exclamó en un susurro.

–Es que vivo aquí –murmuró Raoul con calma, aunque con el corazón acelerado.

Sirena estaba frente a él, la mirada a la altura del torso desnudo. No llevaba sujetador bajo la camiseta sin mangas y los pantalones cortos parecían más unos calzoncillos de hombre. Los pezones se le marcaban claramente bajo la tela de algodón.

Esa no era la manera de compartir tareas nocturnas, pero Raoul no pudo evitar el bombardeo de señales eróticas que se acumularon en sus receptores sexuales. Sirena llevaba el pelo suelto y aún olía al baño de espuma que había tomado poco antes. La respiración surgía entrecortada de los deliciosos labios entreabiertos y la mirada cargada de deseo se deslizó por los pectorales.

Los holgados pantalones del pijama de Raoul empezaron a abombarse bajo la cintura...

Avergonzada, ella clavó su mirada en los ojos grises.

Una mirada, le pareció a él, cargada de un deseo sexual reprimido tan fuerte como el suyo.

–No me parecía que fuera a calmarse –consiguió explicarle con voz ronca–. Por eso decidí relevarte para que pudieras volver a la cama.

«Cama», era lo único en lo que podía pensar. La otra vez habían utilizado un sofá, y durante menos de una hora. Pero en esos momentos quería más. Horas. Días.

La voz de Raoul hizo que a Sirena se le pusiera el vello de punta. Su olor corporal resultaba fuerte y agresivo. Era muy consciente de no estar depilada y de que el pantalón corto y la camiseta sin mangas no era precisamente una lencería muy sexy.

–Se ha quedado dormida –murmuró, moviéndose ligeramente y casi tropezando con él.

Y de nuevo se encontró en la casa de Oxshott y, de nuevo él tenía la mirada fija en sus labios. El corazón le dio un vuelco y la mente se le quedó en blanco. Como aquella vez.

«Otra vez no», pensó. No podía moverse, paralizada por la atracción y el deseo.

Raoul levantó una mano, pero se detuvo. Sirena aguardó expectante. Y Raoul inclinó la cabeza.

«No permitas que suceda», se advirtió ella en silencio. Sus instintos de conservación bombardeaban con tal intensidad que ella no sabía si echar a correr por el pasillo, intentar atravesar el cuerpo de Raoul o retirarse a la habitación de Lucy.

Raoul tomó el rostro de Sirena con una mano, levantándolo hacia él antes de tomar sus labios con un profundo gemido.

«No lo hagas. No...».

Todo en ese hombre era fuerte y la manera, hambrienta y confiada, con que tomaba sus labios acabó con su fuerza de voluntad. Su boca encajaba perfectamente sobre la suya y cuando le entreabrió los labios con la lengua, ella se sintió estremecer. «Sí, por favor». Sirena no pudo evitar fundirse contra él. Sabía lo bueno que iba a ser lo que le esperaba. Su cuerpo aún conservaba la memoria de la sensación de los viriles músculos y la rotundidad con que la llenó.

Raoul la rodeó con un brazo en un gesto de posesión que le arrancó a Sirena un gemido. La ropa no ofrecía ninguna protección, pues lo sentía todo. Sentía la ardiente rugosidad del torso, los músculos planos del abdomen y la enhiesta forma de la extraordinaria erección.

Las manos de Sirena se deslizaron sobre la suave cintura mientras los pensamientos se ocultaron tras un beso que empezaba a consumirla. Una dulce y profunda excitación, una sensación que no había sentido en meses, se enroscó deliciosamente en su interior. Era maravilloso sentirse abrazada, besada por ese hombre como si estuviera saciando una vida entera de necesidad.

Raoul deslizó las manos por el curvilíneo cuerpo y ella se retorció y se apretó contra él, disfrutando al ser aplastada contra la puerta. Cuando la ardiente mano se deslizó bajo los pantalones cortos y no encontró braguitas, gimió y apretó suavemente el trasero.

Sirena apretó los pechos contra el velludo torso mientras sus manos se dirigieron hasta la rígida masculinidad que estaba a punto de agujerear la tela de sus pantalones.

–Sí, tócame –le urgió él con voz ronca.

Raoul volvió a tomar su boca y ahogó el grito de sorpresa que escapó de los labios de Sirena cuando sintió la masculina mano deslizarse por la parte anterior del muslo, encontrando el sensible núcleo. Los círculos que dibujó con el dedo alrededor del tenso botón arrancaron unas fuertes sacudidas de deseo.

Raoul le descubrió los pechos e inclinó la cabeza. «Estoy lactando», pensó ella.

La realidad de lo que estaban haciendo estalló en su cabeza y lo apartó de un fuerte empujón. Raoul se tambaleó y, perplejo, alzó la vista.

Había muchas razones para sentirse espantada. Y la expresión de terror debía estar reflejada en su rostro pues Raoul desvió la gélida mirada de plata y dio un respingo.

Quizás él también se sentía espantado al comprobar que había vuelto a caer en sus brazos.

En brazos de la mujer que tenía más cerca. La que estaba más a mano.

Un profundo dolor laceró el vientre de Sirena. De nuevo humillada, corrió a su habitación.

Durmió hasta tarde. Raoul había entrado en la habitación mientras dormía y se había llevado el monitor. Lo encontró sentado a la mesa del desayuno, a una hora a la que debería estar en la oficina. El motivo por el que no había ido a trabajar se le escapaba. Llevaba casi un mes allí.

–¿Lucy? –preguntó Sirena.

–Le he dado un biberón, pero no ha comido mucho. Está dormida, aunque no durará.

Aprovechando la necesidad de sacarse la leche de los inflamados pechos, ella abandonó la cocina, pero cuando regresó, él seguía allí con aspecto de disponer de todo el día.

–No quiero hablar de ello –espetó ella de golpe, mientras evitaba admirar los fuertes músculos que llenaban la camisa azul y se sentaba para desayunar una tostada con mantequilla.

–Ya sé que todavía no puedes hacer el amor. No habríamos llegado tan lejos. Además, no llevaba ninguna protección y, desde luego, no quiero que vuelvas a quedar embarazada.

La tostada se volvió amarga en la boca de Sirena y

todo el dolor que había ignorado afloró hasta la garganta, impidiéndole tragar. Con toda la dignidad de que fue capaz, se levantó de la silla.

–¿Y no crees que yo no me levanto cada mañana deseando que el padre de Lucy fuera otra persona? –Sirena percibió claramente cómo Raoul dejaba de respirar, pero no obtuvo ninguna satisfacción. A punto de alcanzar la puerta, él la detuvo con su ronca voz.

–Lo decía porque no quiero volver a poner tu vida en peligro. Dado lo peligroso que puede resultar dar a luz, no deseo volver a poner a ninguna mujer en esa situación.

La afirmación le hizo titubear. Volviéndose hacia él, se encontró con una mandíbula apretada y una tensión que confirmaba la sinceridad de cada una de sus palabras.

–Millones de mujeres viven el embarazo y el parto sin ningún problema –señaló ella–. No sabes cómo vas a pensar en el futuro. Con otra mujer.

Raoul le devolvió la mirada que ella conocía bien. La que indicaba que la discusión había terminado. Iba a desperdiciar su energía si pensaba que podría razonar con él. La rígida expresión era tan familiar, la confianza en su propio juicio tan obvia, que ella sonrió divertida.

Era la última reacción que hubiera esperado de sí misma. El cuerpo aún vibraba por la excitación no aplacada que no hacía más que hundir su ya maltrecha autoestima. Había encerrado el corazón bajo una coraza, pero, por algún motivo, las palabras de Raoul lo habían descubierto ligeramente. Ese hombre estaba haciendo gala del sentido protector que ella tanto admiraba. Desde luego había sido un comentario amable y, además, una parte de ella se regocijaba al pensar que no tenía intención de llenar su vida con hijos de otras mujeres.

–¿Qué te hace tanta gracia? –murmuró él.

–Nada –le aseguró Sirena, sujetándose el rugiente estómago con una mano.

–Siéntate y come –le ordenó Raoul mientras le ofrecía una silla–. Necesitas calorías.

Sirena volvió a sentarse y la asistenta apareció con un plato de huevos y tomate.

Para su consternación, Raoul también se sentó de nuevo.

El recuerdo de la noche anterior escocía como una llaga. Había estado dando vueltas en la cama intentando explicarse cómo había podido suceder. En el fondo era muy sencillo, seguía reaccionando ante su presencia. Para él sería más bien una cuestión de ¿comodidad?

Ruborizándose, miró fijamente el plato y se dispuso a comer. El loco instante iba a interponerse entre ellos igual que el muro de resentimiento por el dinero sustraído. Necesitaba marcharse.

–Creo que después de la siguiente revisión podré regresar a mi apartamento –señaló.

Raoul respondió con un gruñido de rechazo.

Sirena apretó los labios para intentar disimular el salto de júbilo de su corazón. ¿Se resistía a dejarla marchar porque deseaba tenerla a su lado?

–No. Quiero a Lucy todo el tiempo conmigo. Y eso significa que tú también te quedas.

Las palabras de Raoul impactaron sobre ella como una bomba, prácticamente lanzándola de la silla. Un inesperado deseo le agarró el estómago y las brasas de lo sucedido la noche anterior se reavivaron. En su cabeza saltaron todas las alarmas. «Peligro, peligro».

–Ya estás poniendo a prueba de nuevo las grapas de la incisión –contestó ella mientras se llenaba la boca con los huevos, como si el asunto estuviera zanjado–. No –añadió.

–¿Por qué no?

–Para empezar por lo de anoche –ella lo miró, su rostro reflejando humillación y vergüenza.

Si él hubiera hecho avances y ella lo hubiera rechazado, habría sido otra cosa, pero lo cierto era que había respondido de un modo horriblemente revelador. Sirena bajó la vista, deseando no haber reaccionado así, sobre todo al pensar que Raoul podría utilizarlo a su favor.

–La química entre nosotros sigue viva. Hasta ahora la habíamos ignorado con éxito, pero quizás nos apetezca reanudar ese aspecto de nuestra relación cuando estés plenamente recuperada.

–¿Qué relación? –Sirena estuvo a punto de atragantarse–. ¿Qué química? –saltó de la silla sin darse cuenta, todo su ser rechazando lo que acababa de oír–. En cuanto el médico me lo permita, volveré a mi casa –arrojó la servilleta sobre la mesa y se dirigió de nuevo hacia la puerta.

–Pues te irás sola –contestó él en tono implacable–. Lucy se queda aquí.

Ahí estaba el muro que ella siempre supo iba a levantar Raoul entre ella y su hija. ¡Menudo bastardo! ¡Y cuánto dolía! Dolía por el modo en que la trataba, y dolía porque no era el hombre que ella deseaba que fuera.

–Eso no es lo que pone en nuestro acuerdo legal –le recordó ella.

–No despidas a tu abogado, cariño. Vamos a reescribir ese acuerdo.

No era ningún farol. Sirena sintió que el corazón se le retorcía y apretó los puños. Jamás en su vida había sentido el deseo de agredir físicamente a nadie, pero ante la injusticia buscó la confrontación. Deseaba destrozarlo.

Sorprendido, Raoul se levantó lentamente de la silla, poniéndose en guardia, aprovechando su imponente estatura, lo único que le impedía a ella golpearlo.

–Bueno, eso desde luego es muy propio de ti –Sirena atacó con el único arma de que disponía, una lengua envuelta en odio y resentimiento–. «Te deseo, Sirena» –se burló–, «Tócame, Sirena». Y a la mañana siguiente, una patada en el trasero y a la calle. Adelante, oblígame de nuevo a contratar a un abogado que no me puedo permitir. Te llevaré a juicio, exponiéndote públicamente. Te haré daño de todas las maneras posibles. Me llevaré a tu hija, porque no voy a permitir que sea criada por alguien que amenaza a la gente como lo haces tú.

La ira se fue desinflando poco a poco hasta quedar en una profunda desesperación. Se enfrentaba a un arsenal de dinero, posición y poder. ¿Y qué tenía ella? Cargos por robo.

–¿Cómo te atreves a juzgarme? –consiguió concluir mientras salía de la cocina.

Raoul permaneció en un perplejo silencio. Se sentía como si hubiese sorprendido a una leona herida, apenas consiguiendo escapar con vida. La adrenalina ardía en sus venas.

En su pecho se había abierto una enorme brecha. «Tócame, Sirena. Patada en el trasero y a la calle». Un profundo arrepentimiento le asaltó a pesar de que deseaba gritar en su defensa. ¿Cómo se atrevía esa mujer a acusarlo de manipulador?

–¿Más café? –la asistenta le provocó un sobresalto.

–No –rugió él antes de recuperar la compostura–. No, gracias –añadió–. Por favor, prepárale unos sándwiches a Sirena. No ha desayunado mucho. Estaré en mi despacho.

Buscaba la soledad para repasar el enfrentamiento, no para reducir el volumen de trabajo que se acumulaba por momentos cada vez que su nueva familia le provocaba una distracción.

«Tócame». El estómago se le encogió al recordar el éxtasis que había sentido cuando los delicados dedos le habían rodeado el miembro viril. El deseo había vuelto a estallar la noche anterior. Deseo por ella. A pesar de todas las excusas que había podido inventar, lo cierto era que no se sentía atraído por ninguna otra mujer, solo por ella.

No le gustaba que Sirena fuera la única por la que sintiera deseo. Debería poder controlarse más. Aquella mañana había despertado temprano y elaborado una serie de argumentos que obligaran a Sirena y a Lucy a seguir viviendo con él, llegando a convencerse de que era una solución conveniente para la custodia, nada que ver con la atracción sexual.

Y recordó los suaves gemidos y apasionada reacción al beso en el pasillo. El cuerpo no era capaz de mentir.

Sirena no quería tener nada que ver con él. Quizás se sentía físicamente atraída, pero su furia de aquella mañana le indicaba que preferiría asfixiarlo mientras dormía antes que compartir su lecho para hacer el amor.

Contempló sin ver el colorido jardín que se extendía al otro lado de la ventana, recordando la expresión de horror de Sirena aquel día ante su puerta, y de nuevo en la cocina esa misma mañana. Una mano se cerró en torno a su corazón, apretándolo. Un millón de veces se había dicho que era tan cínica y desapegada como sus otras amantes, pero de repente algo le molestaba. Temía haberle hecho daño de un modo en que no pensaba que podría hacerlo. ¿Acaso la trataba de manera distinta a cómo lo trataba ella? Había conseguido hechizarlo para luego robarle. Por su culpa ya no se interesaba por las demás mujeres.

Un movimiento llamó su atención. Sirena había sacado a Lucy al jardín. Iba descalza y llevaba un vestido de verano. Sus cabellos húmedos caían sueltos sobre la espalda en unas suaves ondas que se transformarían en elásticos rizos en cuanto el sol los secara. Sentada en el balancín sobre una pierna, cerró los ojos, impulsó un suave movimiento y respiró hondo.

Era la mujer en estado puro. Sensual y a la vez maternal. Preciosa.

El deseo que sentía Raoul adquirió una nueva y desconcertante dimensión. No era solo sexual, pues no había olvidado la eficacia de esa mujer, su delicado trato con las personas difíciles, las sonrisas fáciles.

Deseaba a la Sirena que había creído que era antes de que el extracto bancario probara que no era así.

El suicidio de su padre por culpa de un asunto sórdido, aunque clásico, empezaba a ganarse parte de su empatía. Si su padre había tenido que luchar contra cosas como sobrepasar los límites en el lugar de trabajo y una lujuria que se enfrentaba al amor por su hijo, Raoul empezaba a comprender cómo debía haberse sentido.

Sin embargo, si iba a exponer su perfidia, lo mejor sería empezar por medidas drásticas. Sirena le había amenazado con un juicio público y la creía muy capaz de ello. Estaba dispuesta a todo cuando sentía sus derechos básicos amenazados y una parte de él la respetaba por ello.

Soltando un juramento, salió al jardín y se acercó hasta Sirena que abrió ligeramente los ojos.

–Voy fluyendo por el río de la negación. No fastidies el momento –le advirtió ella.

Raoul sonrió. Esa mujer siempre lo pillaba desprevenido con sus coloridas expresiones. Sospechaba que en su interior alojaba a un poeta. Un poeta romántico.

Frunció el ceño, pues esa imagen no encajaba con la de la vampiresa calculadora que era.

–Escucha –el ultimátum que le había lanzado le había enfurecido y, a regañadientes, reconoció que la deseaba desesperadamente mientras que ella pensaba que la estaba manipulando. El factor manipulación era su química interior–, me equivoqué al decir que iba a cambiar el acuerdo. Tenías razón. Nuestra relación empeorará si usamos a Lucy como moneda de cambio.

–¿Te has tomado alguna droga? Me ha parecido oírte decir que yo tenía razón.

–¿De dónde viene tanto descaro? –preguntó Raoul–. No solías hablarme así antes.

–Claro que sí, pero para mis adentros. Desde que me despediste, puedo hacerlo de viva voz.

A Raoul no le quedó más remedio que aceptarlo. Hundiendo las manos en los bolsillos, se balanceó sobre los talones.

–¿Te quedarás? Ya me conoces. Viajo mucho y no quiero pasar mucho tiempo lejos de Lucy.

–Por quedarme ¿insinúas que te sigamos como nómadas por todo el mundo? –ella abrió los ojos desmesuradamente.

–¿Por qué no? Cuando trabajabas para mí te gustaba mucho viajar.

–Solo cuando podía salir del hotel para hacer turismo –Sirena frunció los labios.

Raoul frunció el ceño, percibiendo la crítica subyacente. Era consciente de lo mucho que había disfrutado Sirena conociendo otras culturas, nuevas personas y perspectivas que alimentaban su curiosidad. Siempre estudiaba con antelación los museos o maravillas locales y contemplaba con interés los mercados por los que pasaban. También le transmitía a él valiosa información que le servía para sus negociaciones. Sin embargo, se preguntó si no la habría mantenido demasiado ocupada.

Claro que el objeto de los viajes era el trabajo. A eso se dedicaba él.

Frunció el ceño al comprender lo poco que había visto él mismo de esos países.

–Lo que yo quiera no importa –suspiró ella–. Lucy tendrá que ir al colegio...

–Todavía faltan años para eso –protestó él–. Hará falta tiempo para que todo encaje en su sitio. Durante

los próximos años, mientras nos tenga a su lado, será
feliz esté donde esté. No te estoy hablando de marchar-
nos mañana mismo, comprendo que tienes revisiones
médicas a las que acudir. Nos quedaremos aquí el
tiempo que necesites, pero más adelante no veo por qué
no podemos irnos unas semanas a Milán. Y mi madre
me está preguntando que cuándo voy a llevar a su nieta
a Nueva York.

–No puedo vivir contigo de forma permanente. ¿Cómo
lo íbamos a explicar? A tus futuras amantes no les gustaría y ¿qué pasa si uno de los dos quiere casarse?

–El matrimonio nunca me ha interesado y cada vez
tiene menos sentido –contestó él irritado ante la men-
ción de amantes y esposas–. En cuanto a las amantes, y
por el bien de Lucy, lo mantendremos de puertas hacia
dentro.

–¡Vaya! ¿Por el bien de Lucy yo debería practicar el
sexo contigo? Incluso alguien con mi bajo sentido de la
moral tendría dificultades para asimilar ese razonamiento.

–Si nos acostamos juntos, será porque ambos lo de-
seemos –espetó él, consciente de lo mal que estaba ma-
nejando el asunto. Esa mujer lo sacaba de quicio–. Lo
de anoche fue un choque frontal. Tú me deseas y,
cuando el médico te dé el alta, podremos tener sexo.
Piénsatelo.

Capítulo 6

A SIRENA no le quedaban muchas opciones para pensárselo. Su cuerpo estaba loco por acostarse con su antiguo jefe y su mente vagaba en esa dirección ante la más mínima oportunidad, estuviera despierta o dormida. Raoul siempre andaba cerca, oliendo a loción para después del afeitado, o a polvos de talco para bebés, cuchicheando a Lucy, o hablando por teléfono.

De manera que se esforzó en elaborar una lista de razones para no confiar en él con el fin de contrarrestar la atracción que sentía. «El matrimonio nunca me ha interesado y cada vez tiene menos sentido». Eso dejaba muy claro dónde empezaba y dónde acababa su interés por ella.

Con los días se hacían más frecuentes las conversaciones breves salpicadas de miradas significativas y obstinadas evitaciones. Tenía que regresar a su apartamento.

El problema era que la sobrina de su vecina le había vuelto a pedir que le prestara la casa. Sirena había pensado buscar trabajo en una zona menos cara de Londres y así alquilar su piso mientras se instalaba ella misma en otro sitio más pequeño. No quería perder su casa, pero sin ingresos no podría conservarla. Tampoco sabía cómo iba a pagar a una niñera si trabajaba.

Y esa preocupación le llevaba invariablemente de vuelta al ofrecimiento de Raoul. Sería un error. La había ofendido, y él se sentía ofendido por ella. De no ser por el bebé, podría haberse dado a la bebida, pero una copita con una amiga no podía hacerle daño.

Raoul se quedó perplejo cuando le comunicó que iba a salir por la noche.

—Amber es una amiga que se trasladó a Canadá hace años. Esta noche llega a Londres y será el único rato que tenga libre. Me gustaría tomar una copa con ella y dejarte a Lucy.

—¿Estás bien para salir? —Raoul le dedicó una lánguida mirada que la incendió por dentro.

—Claro que sí —contestó ella con una voz más aguda de la deseable, irritada por el cosquilleo que le invadía cada vez que ese hombre la miraba. Necesitaba el consejo de Amber.

—Mete unas cuantas cosas en una bolsa y nos quedaremos en el ático —él se encogió de hombros—. Así no tardarás tanto en regresar a casa y yo podré ir a la oficina mañana.

Una parte de ella quiso rechazarlo sin más, pero le gustaba la idea de estar más cerca de casa. Su médico estaba muy contento con sus progresos, pero entre las necesidades de Lucy y los deseos de su cuerpo, apenas conseguía dormir.

Tras preparar la bolsa, conducido hasta la ciudad e instalado al bebé, se sentía más dispuesta a irse a la cama que a salir fuera. Se puso una camisa negra con un top verde, ambos demasiado ajustados, pero al menos su pelo era un valor añadido, cayendo en grandes ondas por los hombros y, sobre todo, desviando las miradas de su engrosada cintura. El toque de maquillaje y los tacones, que hacía mucho tiempo no utilizaba, le daba un aspecto bastante bueno.

El recuerdo de las críticas de su madrastra hacia su aspecto, acudió a su mente. Sin embargo, Sirena tenía práctica ignorando la dolorosa denigración a la que le había sometido durante años.

–¿Quién es esa Amber? –preguntó Raoul secamente mientras entraba en la habitación.

–Una amiga del colegio –Sirena se apartó del espejo y lo miró.

Raoul llevaba puestos unos vaqueros y una camisa con el cuello desabrochado. Y de nuevo el estómago se le llenó de mariposas.

–¿Te vistes así para una mujer? –la mirada gris se deslizó por todo su cuerpo.

–Es lo único que me vale. No puedo ir con chándal y zapatillas. ¿Debería cambiarme?

–Sí. ¡No! –Raoul la miró confuso–. Estás estupenda. ¿No vas a verte con ningún hombre?

–¿Lo dices por lo irresistible que resulta una madre soltera y sin empleo con problemas legales? No, me voy a reunir con una amiga. Y me gustaría que dejaras de acusarme de mentir.

–También te he dicho que estás preciosa –intentó Raoul a modo de disculpa.

–No estaba buscando un cumplido –a Sirena se le encogieron los dedos de los pies.

Raoul bloqueó la puerta con un brazo.

Un incómodo silencio se extendió entre ellos y en la mente de Sirena volvió a sonar la voz de su madrastra, criticándola por el exceso de peso, las ojeras y la falta de manicura. Sin embargo, la mirada de Raoul solo reflejaba apreciación masculina haciéndole sentirse hermosa.

El cosquilleo en el estómago se intensificó.

Sirena se obligó a quedarse quieta, pero Raoul dejó caer el brazo y dio un paso al frente hasta quedar justo delante de ella. Los ojos grises emitían cálidos destellos mientras las masculinas manos tomaban el rostro de Sirena con desconcertante ternura.

–¿Qué haces? –consiguió exclamar ella casi sin respiración.

–Recordarte, en caso de que algún hombre intente abordarte esta noche, que aquí en casa tienes a uno dispuesto a satisfacer tus necesidades –le explicó mientras agachaba la cabeza.

–No me estropees el carmín –protestó Sirena con voz temblorosa.

Era lo único capaz de decir cuando todo su cuerpo deseaba que la tomara allí mismo. Sus pechos anhelaban el contacto con el fuerte torso y el calor se acumulaba entre los muslos. Sus brazos pedían a gritos agarrarse a él.

Y en el último segundo, Raoul ladeó la cabeza y hundió los labios en el femenino cuello. Cuando sintió la boca en el punto más sensible del cuello, a Sirena le flaquearon las rodillas.

–¿Qué haces? –volvió a exclamar sintiéndose derretir en sus brazos, los pezones endurecidos.

Debería haberlo detenido, pero su cuerpo lo anhelaba mientras la mente se llenaba de un torbellino de pensamientos y solo era capaz de procesar la sensación de las familiares manos deslizándose por sus curvas, deteniéndose en las caderas y el trasero. Raoul estaba duro, dispuesto, tentador.

–Haces que pierda la cabeza –gimió él antes de soltarla–. No hagas ninguna tontería esta noche. El coche te espera. Había venido a decírtelo.

A Raoul no le importaba que Sirena saliera una noche, pero no le gustaba no poder cuestionar sus idas y venidas. Sospechaba que se debía a unos anticuados celos, una emoción que jamás había experimentado y que, desde luego, no le gustaba. Pero Sirena estaba ardiente, tan sexy como hacía un año. Con los cabellos sueltos y los rotundos pechos asomando bajo el top, había visto lo que verían todos los hombres en Londres, a una mujer hermosa.

Pero él no estaría allí para espantarlos con una mirada de advertencia.

No debería haberla besado, pero no había podido resistirse a dejarle claro que la deseaba. Sirena lo había estado evitando desde la noche del beso en el pasillo y él había intentado ignorar lo mucho que la deseaba. Sin embargo, el deseo crecía exponencialmente cada día.

Resultaba muy frustrante, pero por incómodos que se sintieran el uno con el otro, estaban igualmente entregados a Lucy. Raoul no soportaba estar más de unas horas separado de su hija.

Muy contrariado, y con el olor del perfume de Sirena aún pegado a él, esperó en el descansillo a que ella se marchara.

–Llevo el teléfono –Sirena se sonrojó–, por si Lucy me necesita.

–Estaremos bien. ¿Tienes el número de David? –preguntó él refiriéndose a su chófer.

–Sí, lo tengo grabado –deslizó el pulgar por la pantalla e hizo un gesto de contrariedad–. No había visto este mensaje de Amber, está enferma. Qué rabia.

Era evidente que Sirena se sentía muy defraudada. Sin embargo, Raoul estaba vergonzosamente feliz. Pero al ver caer los bonitos hombros y desaparecer el brillo de emoción en la mirada verde, no pudo evitar sentir lástima por ella.

–Vestida así y sin un lugar al que ir –el rostro de Sirena reflejaba resignación–. Siento haberte arrastrado hasta Londres para nada. Supongo que al final sí voy a ir vestida de chándal.

–Realmente tenías ganas de salir ¿verdad? –observó él.

–Chateamos a menudo –ella se encogió de hombros–. En ocasiones me apetece verla y resulta frustrante no poder hacerlo –contuvo las lágrimas y se volvió para dirigirse a su habitación.

–Sirena.

–¿Sí? –ella se detuvo, pero no se volvió.

Estaba seguro de que lo iba a lamentar, pero había algo en el hermoso rostro y, además, tenía un aspecto increíble. No podía permitirle regresar a su habitación.

–Tómate una copa conmigo –señaló con la cabeza hacia el salón.

–¿Cómo? No ¿Por qué? Dentro de un rato le voy a dar el pecho a Lucy. No puedo.

¿Cuántas negativas le había dedicado en una frase?, se preguntó él entre divertido y exasperado.

–Nos ceñiremos al plan –insistió Raoul–. Tómate la copa de vino que ibas a tomarte con tu amiga y yo le daré el biberón a Lucy cuando lo pida. Es evidente que tenías ganas de salir.

–No era por el vino –ella puso los ojos en blanco–. Quería ver a mi amiga.

–Pues ven y cuéntame por qué es tan especial para ti –la condujo hasta el salón.

–No sé por qué iba a interesarte –bufó Sirena.

Raoul se adelantó a ella y encendió la luz del mini bar, creando un ambiente relajante e íntimo.

–No paras de acusarme de no interesarme por tu vida, y... –señaló la vestimenta de Sirena–, no soporto ver cómo se desperdicia todo eso. Te llevaría a alguna parte, pero, a diferencia de ti, no he previsto ninguna canguro. Siéntate y cuéntale al camarero cómo ha sido tu día.

Raoul le ofreció un taburete. Ella titubeó antes de aceptarlo, sentándose bajo la atenta mirada de los ojos grises. ¡Cómo deseaba hacer suyo ese cuerpo!

«Es una ladrona», se recordó, aunque no sirvió para ahogar su deseo. Dirigiéndose al otro lado de la barra, eligió un vino blanco joven de una pequeña nevera.

—Debería comunicarle a David que tiene la noche libre —observó ella en un tono que trasladó a Raoul un año atrás en el tiempo.

Eficaz, clara, responsable y atenta a los detalles. Sin cruzar jamás el límite, salvo...

Sirena colgó el teléfono y enarcó las cejas extrañada cuando Raoul se lo pidió.

—Ha habido un cambio de planes —le explicó él a David—. ¿Podrías acercarte a Angelo's y pedirles un menú completo? Lo que sea, pero sin champiñones para Sirena.

—¿Vamos a trabajar hasta tarde? —musitó ella en tono de guasa.

—Es que no me apetece cocinar ¿y a ti?

—¿Sabes cocinar? Nunca te he visto intentarlo siquiera.

—Sé hacer filetes a la parrilla.

También sabía limpiar copas, como le demostró a continuación. Lo había aprendido años atrás, cuando se había visto obligado a trabajar de camarero para ganar un muy necesitado dinero.

—Pero a un hombre en tu posición no le hace falta hacer nada —Sirena sonrió provocativa.

—Siempre me ha molestado la insinuación de que no he trabajado para conseguir lo que tengo. Quizás naciera en una buena familia, pero todo eso se vino abajo gracias a mi padrastro. Todo lo que tengo lo he logrado con mi trabajo, y conlleva obligaciones y responsabilidades que requieren mucho tiempo. Si puedo delegar pequeñas cosas, como freír un filete, para negociar un contrato importante para que yo y unos cuantos cientos de personas sigamos ganándonos la vida, lo haré —llenó dos copas y le entregó una.

–Por las agradables conversaciones –brindó ella con gesto burlón.

–No me acabo de acostumbrar a esto –Raoul la miró con los ojos entornados.

–¿Acostumbrarte a qué? –ella soltó la copa y apoyó los codos en la barra de mármol.

–A esta mujer insolente y sarcástica. La que tiene secretos y una doble vida. La verdadera tú.

–Me atribuyes más misterio del que poseo. Cierto que ahora soy más franca contigo que antes, pero es que no puedes decirle a tu jefe que es un imbécil arrogante ¿verdad? –lo miró fijamente a los ojos–. No si necesitas el dinero para pagar las facturas.

–Jamás te habría despedido por decir algo así –Raoul consideró la posibilidad de permitir que la conversación derivara en algo más serio, pero optó por mantener el tono amistoso.

Sirena hizo una mueca antes de soltar una carcajada. Para Raoul fue como si estuviera tumbado en el sofá o en la cama. «Desde luego mejor la cama», pensó mientras un intenso ardor masculino crecía en su interior. Admiró los labios pintados, el delicado cuello y la piel de alabastro que asomaba por el escote. ¿Por qué nunca la había llevado a cenar?

Porque entonces era su secretaria.

Resultaba liberador que ya no hubiera ningún obstáculo entre ellos.

«Para el carro», se recordó. Quizás hubieran admitido al fin la existencia de la atracción sexual, pero solo porque deseara llevársela a la cama no significaba que podía hacerlo.

Sirena no soportaba la intensidad con la que Raoul la miraba. Cada día que había trabajado para él había soñado con alguna muestra de interés hacia ella. Y cuando por fin la obtenía, le producía un intenso pánico. No podía fiarse de que su interés por ella fuera sincero.

Acosada por amargos recuerdos, se deslizó del taburete llevándose la copa de vino y se dirigió al ventanal que dominaba la silueta de Londres.

—¿Así es como empiezas tus espectaculares días, o es aquí donde los terminas?

—¿Espectaculares? —el reflejo de Raoul, parcialmente visible en la ventana apareció a su espalda.

—Las mujeres hacen cola por tener este privilegio, de modo que supongo que una cita contigo es bastante excepcional. ¿Se impresionan cuando las traes aquí para tomar una última copa?

—Yo no me molesto en impresionar, si es lo que insinúas. Cena. Algún espectáculo. ¿Se diferencia mucho de tus citas?

—¿Desde cuándo tengo tiempo para salir? —ella lo miró con resignación.

—Vuelves a insinuar que te hacía trabajar en exceso —Raoul tomó un trago de vino—, pero también intentas hacerme creer que tu vida privada incluía a algún hombre que podría haber sido el padre de Lucy. ¿Cuál de las dos opciones es cierta?

—Lo dije para salvar las apariencias —admitió ella sin dejar de mirar por la ventana.

—¿De modo que yo era un ogro que te exigía demasiado? Podrías haberme dicho algo.

Sirena se encogió de hombros, sintiéndose culpable por no defenderse a sí misma.

—No quería defraudarte o hacerte creer que no podía con el trabajo —de nuevo sintió la presencia de su madrastra, subiendo el listón un poco más para que Sirena jamás pudiera alcanzarlo por mucho que lo intentara. Y lo intentaba—. En parte es culpa mía. Soy adicta al trabajo.

—Pensaba que eras feliz con el trabajo —Raoul se colocó a su lado–. No se me ocurrió que estuviera destrozando tu vida social. Debes sentirte muy resentida contra mí.

Ese hombre había llegado a la conclusión de que ese había sido el motivo del robo del dinero.

–No –contestó ella irritada–. Jamás tuve una vida social. No había nada que destrozar.

–Pues no eras virgen. Al menos hubo un hombre en tu vida –espetó él.

–Uno –admitió ella–. Se llamaba Stephan. Vivimos juntos casi dos años. Pero éramos estudiantes sin dinero y las citas consistían en palomitas de microondas y una película en la televisión.

–¿Vivías con él? –Raoul enarcó las cejas.

–No es lo mismo que salir juntos –se apresuró a aclarar ella–. Era... –práctico, un acto desesperado en un momento de soledad. Un error.

–¿Era serio? –insistió Raoul, acercándose a ella en actitud intimidatoria.

–¿Por qué me juzgas? –Sirena regresó junto a la barra del bar y apuró la copa de un trago–. Lo único que te digo es que no salía con nadie. Esta conversación absurda se está alargando.

–Viviste con un hombre durante dos años. No es cualquier cosa, Sirena. ¿Hablasteis de casaros?

–Yo... –Sirena no tenía ganas de hablar de ello, pues aún dolía. Al fin asintió–. Me lo propuso. No funcionó –contestó con ambigüedad.

–¡Estuviste prometida!

–¡Vas a despertar a Lucy! –siseó ella–. ¿Por qué gritas? Siento habértelo contado. David debe estar a punto de llegar con la cena ¿no?

Raoul apenas era capaz de asimilar lo que estaba oyendo. Otro hombre había estado a punto de llevarse a Sirena para siempre. ¿Cómo no lo había sabido antes?

–¿Fue el trabajar para mí lo que provocó la ruptura? –preguntó con desesperación.

–No –ella parecía irritada.

–¿Qué entonces? –necesitaba estar seguro de que había cortado todos los lazos con ese otro hombre–. ¿Aún sientes algo por él?

–Siempre voy a quererlo –Sirena se encogió de hombros.

Las palabras casi tumbaron a Raoul de espaldas.

–De un modo amistoso. Siempre fue así. ¿De verdad quieres conocer todos los detalles?

–Pues sí –murmuró él.

Raoul se sentía escandalizado, no porque vivir con alguien fuera escandaloso, pero porque jamás había pensado que Sirena hubiera estado tan unida a alguien.

–Me sentía muy sola. Amber estaba en Canadá y mi familia en Australia. Stephan fue el primer chico que se fijó en mí.

–Me cuesta creerlo –intervino Raoul.

–El primer chico del que me di cuenta que se fijaba en mí. Por aquel entonces no se me permitía salir, ni siquiera pasar la noche en casa de Amber. Mi madrastra no estaba dispuesta a acoger a una adolescente embarazada en su casa. Ya en la universidad, Stephan fue el primer chico que conocí. Era agradable y yo lo bastante romántica como para imaginarme más de lo que había.

–Es evidente que sí había más, dado que te propuso matrimonio.

–Eso fue un impulso. Decidí abandonar la carrera y sacarme un diploma para empezar a ganar dinero. Él temió que fuera a conocer a alguien, y yo comprendí que eso era precisamente lo que me apetecía. Por tanto, nos separamos.

–Un amor juvenil no es algo de lo que avergonzarse. ¿Por qué te sientes culpable? –preguntó.

–Porque le hice daño. Una parte de mí se pregunta si no lo estaría utilizando porque no tenía dinero ni nadie más a quien acudir. No era mi intención darle esperanzas, pero lo hice.

En ese momento, David llegó con la cena y la conversación se interrumpió.

Raoul le abrió la puerta, pero en su mente solo había cabida para una idea.

«También me utilizaste a mí. ¿Te arrepientes de ello?».

Capítulo 7

Te hemos echado de menos. Muy típico de Angelo incluir en el menú una rosa blanca atada con un lazo de seda y una tarjeta.

David había dejado la comida sobre la mesa junto a la piscina, disponiéndolo todo como se imaginaba Sirena habría hecho en innumerables ocasiones para las citas de Raoul. Todo resplandecía, desde la cubertería de plata hasta las velas. De los altavoces surgía una relajante música de guitarra y Raoul apareció con las copas de vino y expresión inquisitiva.

–Profundamente dormida –contestó Sirena. Se había ausentado para comprobarlo, una excusa para alejarse de la intensa presencia de Raoul. No se sentía capaz de enfrentarse a él de nuevo.

Tomó la copa de vino que Raoul le había llenado de nuevo. Sin embargo, titubeó antes de empezar a comer. Ante ella estaban los habituales y deliciosos platos de Angelo, pero faltaba el ordenador, teclear mientras masticaba y contestar llamadas. Nunca habían prestado atención a la etiqueta cuando trabajaban juntos, pero aquello era de todo menos una cena casual. Y más que nunca fue consciente de la potente masculinidad, del agudo escrutinio, del dominio.

También era consciente de su propia vestimenta. Aquello tenía todo el aspecto de una cita.

–¿Algún problema? –preguntó Raoul.

–Estaba pensando que debería poner la rosa en agua –Sirena sacudió la cabeza.

–Podrá esperar a que hayamos cenado.

Parecía estar esperando a que ella empezara a comer, y eso le ponía nerviosa. Buscó algún tema inocuo de conversación para romper el tenso silencio, pero él se le adelantó.

–¿Por qué no te trasladaste a Australia con tu familia?

Lo que faltaba. No bastaba con hacerle sentirse desprotegida, abriendo la caja de los secretos, ese hombre quería hundir el dedo en la llaga. Una llaga que llevaba años tapada.

–No fui invitada –contestó.

–¿Por qué no te invitaron? –Raoul bajó el tenedor y frunció el ceño. Aquello no tenía sentido.

Ella contuvo un bufido ante una pregunta que jamás había sido capaz de contestar. Limpiándose los labios con la servilleta, se preguntó si sería capaz de comerse la cena. El apetito la abandonaba por momentos.

–Acababa de empezar la universidad –le ofreció la excusa que le había dado Faye–. Mi padre me había dejado un fondo, más o menos lo mismo que costaría el billete de avión. No tenía ningún sentido gastármelo en eso.

–¿De modo que te dieron a elegir entre la universidad o acompañarles a Australia?

–No –Sirena no puedo reprimir el tono de resentimiento.

La vieja y furiosa tensión empezó a agarrotarle el estómago y tuvo que hacer un titánico esfuerzo por controlarse. Intentó desviar un poco la conversación.

–Por eso tenía tantas ganas de ver a Amber. Ella conoce mi historia, y a mi madrastra, y siempre me hace ver que es una tontería preocuparme por algunas cosas sin culpabilizarme de nada ni tacharme de paranoica. Sin embargo, si intentara explicártelo a ti —agitó una mano en el aire incapaz de detenerse—, harías como Stephan y me dirías que seguramente Faye no había querido decir lo que dijo, que estoy malinterpretando sus buenas intenciones. Sus intenciones siempre tienen sentido, Raoul. Ahí reside la belleza de su dictadura.

«Por Dios, Sirena, cállate».

Encajó la mandíbula con para dar por finalizada la conversación, pero no pudo ocultar el temblor de su mano mientras intentaba enrollar la pasta con el tenedor.

—¿Por qué no lo intentas? —sugirió él como si hablara a una posible suicida a punto de saltar.

Sirena se llenó la boca en exceso, pero él aguardó con paciencia. La pasta, áspera y de sabor acre, descendió por su garganta.

—Por ejemplo —se aventuró al fin—, cuando ya estaba al final del embarazo, tan hinchada que apenas lograba salir de la cama, y temiendo que fuera a morir, le pregunté si mi hermana podría venir y me contestó que la empresa de fontanería de mi padre había quebrado y que Ali estaba con exámenes y que ella tenía problemas de tiroides, por lo que no era buen momento.

—Deberías haberme llamado —la expresión en el rostro de Raoul era gélida.

—Las personas que se suponía debían amarme y preocuparse por mí no querían venir —continuó en tono angustiado—. ¿Qué sentido tenía pedírtelo a ti?

Raoul se echó hacia atrás, como si ella le hubiera arrojado el plato de pasta a la cara.

Sirena desvió la mirada. Estaba lamentándose por hechos del pasado que ya no tenían remedio.

—¿Y Amber? —preguntó él tras una pausa—. Si sois tan buenas amigas ¿por qué no la llamaste?

–Va en silla de ruedas –explicó ella–. Lo cual no significa que no me sea de gran ayuda, pero hay que subir escaleras hasta llegar a mi piso. Además, tiene otros problemas de salud. Por eso ha venido a Londres, para ver a un especialista. Luego se volverá a su casa.

–Realmente no sé nada de ti.

Comieron en silencio durante unos minutos hasta que él volvió a intervenir.

–¿Tu padre no está preocupado por ti?

–Por supuesto. Es más, se volvió a casar porque no sabía qué hacer con su hija pequeña.

–¿Y tu hermana? ¿No tiene edad para tomar sus propias decisiones?

Sirena suspiró, maldiciendo para sus adentros. Si no lograba hacerle entender lo vulnerable que era Ali, jamás comprendería los motivos por los que le había tomado prestado el dinero.

–Ali es muy inmadura para su edad. Tiene que esforzarse mucho en los estudios y los exámenes son un verdadero problema. Enfrentarla a su madre nunca fue una solución, por mucho que me hubiera gustado hacerlo. La adoro, y no te imaginas cuánto la echo de menos. Prácticamente la crie yo. Faye no cambiaba un pañal si estaba yo en casa y los deberes también me correspondían a mí. Fui yo quien respondió sus preguntas sobre el sexo y la que le acompañó a comprar su primer sujetador. Pero hace casi ocho años que se marcharon y no he vuelto a verla. Faye lo estuvo planeando todo mientras yo me matriculaba en la universidad, y no mencionó nada hasta asegurarse de que mi decisión estuviera tomada.

–Podrías haber ido a visitarlos.

–¿Te refieres en mis ratos libres, entre los estudios y los dos empleos? ¿O quizás después de que me contrataras? ¿Me hubieras permitido ausentarme un par de semanas para ir a Australia? Cada vez que te pedía más de cinco días libres ponías una cara como si te estuviera dando un cólico de riñón. Intenté ir después de aquella feria en Tokio, pero la base de datos se vino abajo en Bruselas ¿recuerdas?, y tuve que cancelarlo.

–Podrías haberme explicado la situación –Raoul apretó la mandíbula.

–¿Para qué, Raoul? Jamás mostraste el menor interés por mi vida privada. Lo que tú querías era una extensión de tu portátil, no una mujer que respirara.

–Porque eras mi empleada –espetó él apartándose de la mesa.

No era la primera vez que Sirena lo veía rebasar los límites de su paciencia, pero normalmente sucedía en el contexto de alguna negociación que iba mal. Ser el blanco de la ira de ese hombre le asustaba. Raoul se acercó hasta la piscina con las manos hundidas en los bolsillos.

–No tienes ni idea de lo que es desear a tu compañera de trabajo, sabiéndola fuera de los límites.

«Permíteme discrepar», pensó ella tragando nerviosamente, porque...

–¿Cómo puedes decir algo así cuando dejaste bien claro...?

–Ya sé lo que dije ese día. Deja de echármelo en cara –rugió Raoul–. ¿Por qué te crees que llegamos tan lejos en Oxshott? Llevaba dos años pensando en ello, y al día siguiente... –hizo un gesto de frustración con las manos– descubrí que me habías robado. Traicionaste mi confianza y me utilizaste. ¿Qué podía decir? ¿Admitir que me habías herido? Era demasiado humillante.

¿Ella le había herido?

No, no se lo creía. No tras meses eliminando la alegría y la ternura de sus recuerdos, para luego resumirlo todo como un revolcón casual. Ella quizás conservara la sensación de que aquel día en Oxshott había sido especial, pero él solo había admitido sentir deseo sexual mientras había sido su empleada. Era poco más que estar a mano. Lo que había sufrido era su ego, no su corazón.

–Intentaba ser profesional –protestó ella tímidamente–. No arrastrar mi vida privada hasta la oficina. Y no le veo ningún sentido a compartirlo ahora contigo –dejó la servilleta junto al plato–. Sigo sin importarte, y sigo sin poder ver a mi familia.

–¿Por qué dices que no me importas? –él se volvió desafiante.

La expresión en su rostro le llegó a Sirena directamente al corazón. Desvió la mirada, tentada a analizar los sentimientos que subyacían tras la pregunta, pero se negó a ello. Ese era el camino hacia la locura.

–No lo hagas –le ordenó con voz ronca–. Tú me odias, y no me importa porque yo también te odio –«mentirosa», susurró una vocecilla en su cabeza–. Dejémoslo como está, por Lucy.

No era fácil mirarlo a la cara, pero se obligó a ello. Se obligó a mirarlo a los ojos y enfrentarse al odio con calma.

–Ojalá fuera tan sencillo –Raoul se agarró al respaldo de la silla–. Quiero odiarte, pero ahora comprendo por qué no te sentiste capaz de acudir a mí. No podías saber que fingía desinterés para ocultar la atracción que sentía hacia ti.

El corazón de Sirena pasó de la incredulidad a una intensa excitación, y de ahí a un profundo dolor por cómo la había tratado, independientemente de que sintiera algo por ella.

–La lujuria no es afecto, Raoul –Sirena manifestó en voz alta lo obvio.

Raoul se irguió arrogante.

–No, espera –ella se apresuró a continuar, temerosa de que él creyera que le estaba suplicando su afecto–. Jamás pensé que por un revolcón fuéramos a casarnos y vivir felices para siempre. Lo único que digo es que creía que sentías respeto y consideración por mí. Incluso una carta de despedida habría sido mejor que hacerme arrestar sin hablar conmigo. Eso fue...

Sirena se interrumpió ante la gélida mirada de Raoul, pero se obligó a continuar.

–Descubrir que estaba embarazada, saber que en la cárcel me quitarían al bebé –temió echarse a llorar al recordar esos momentos–. Ni siquiera mi madrastra me hubiera hecho tanto daño.

–Yo no sabía que estabas embarazada –le recordó él furioso.

–¡Exactamente! Y de haberlo sabido, habrías sido más delicado, pero por el bebé, no por mí. Yo nunca te importé lo más mínimo.

Capítulo 8

RAOUL se sentía como si estuviera envuelto en la famosa niebla de Londres y, sin embargo, las paredes de su ático se veían nítidas y el cielo estaba despejado. Su mente era incapaz de asimilar un concepto lúcido. Una y otra vez repasaba las palabras de Sirena de la noche anterior.

Lucy se retorció en sus brazos.

El bebé seguramente había notado su tensión y por eso estaba tan inquieta. Caminando arriba y abajo de un extremo a otro de la casa, no conseguía calmarla de ninguna manera.

¿Cómo habría caminado Sirena entre las paredes de su celda?

El estómago se le encogió.

Mientras había intentado hacerle encerrar, no se le había ocurrido pensar en ello. La vibrante Sirena que miraba con curiosidad e impaciencia a su alrededor cada vez que aterrizaban en una nueva ciudad, encerrada en una jaula de ladrillo y fríos barrotes.

«Tú me odias, y no me importa porque yo también te odio».

–¿Qué haces aquí?

La voz le sobresaltó, causándole un escalofrío de dolor y placer a partes iguales. Parpadeó, consciente de que había entrado en el pequeño apartamento que incluía la casa. Destinado a la niñera o a la asistenta, estaba desocupado.

—Enseñándole la casa —Raoul dejó de frotar la espalda de Lucy—. Está inquieta.

Sirena frunció el ceño al verlo aún vestido con las ropas, ya arrugadas, de la noche anterior.

La expresión de Raoul era sombría, pero aun así consiguió ocultar las emociones más complejas que se debatían en su interior. Incertidumbre y deseo que iban más allá de lo puramente sexual. Dolor. Sentía una desgarradora palpitación que era incapaz de identificar o calmar.

—¿Llevas toda la noche levantado? —Sirena se acercó al bebé—. Deberías habérmela traído.

Lucy se deshizo en gorjeantes pedorretas al ver a su madre que rio, sorprendida ante el sonido. Un sonido que su furioso intento de encarcelarla habría silenciado para siempre.

—¿Se ha olvidado papi de darte el biberón? —murmuró dirigiéndose hacia el sofá.

—Lo intenté hace un rato, pero no parecía interesada —se defendió él con voz ronca.

—Se lo estás poniendo difícil ¿eh? —tras mirar a Raoul con recelo, ella se descubrió un pecho.

Raoul había presenciado la escena tantas veces que ella ya no le dio ninguna importancia. No tenía ningún matiz sexual, pero verla amamantar a su hija le afectaba igualmente. Quizás era por la dulzura que teñía la expresión de Sirena mientras acariciaba los oscuros cabellos de Lucy que, poco a poco, se relajaba emitiendo sonidos de glotonería. El amor maternal que reflejaba su mirada era tal que a Raoul le provocaba casi dolor físico en el corazón.

Al intentar hacerle encarcelar, no había sabido que estaba embarazada. Debió haberse sentido aterrorizada mientras que él, la primera persona en la que debería haber podido confiar, había sido la última a la que hubiera considerado acudir.

–Ya me ocupo yo –Sirena levantó la vista y la sonrisa se apagó y bajó la mirada–. Puedes echarte a dormir un rato, o ir a trabajar, tal y como tenías previsto.

–No, no puedo.

Raoul se mesó los cabellos, consciente de un persistente dolor de cabeza. Respiraba entrecortadamente y habló con una voz que apenas verbalizaba lo que tenía que decir.

–Sirena, sabes que perdí a mi padre. Lo que nunca he contado a nadie es que... fui yo quien lo encontró. Llegué a casa del colegio y allí estaba, se había tragado varios frascos de pastillas. A propósito. Tenía una aventura con su secretaria –hizo una pausa–. Avisé a una ambulancia e intenté reanimarlo, pero solo tenía nueve años. Y llegué demasiado tarde.

–No tenía ni idea –Sirena lo miró espantada.

–No soporto hablar de ello. Mi madre tampoco lo hace.

–Es verdad, las escasas ocasiones en que mencionó a tu padre era como si...

–¿Lo amara? Y lo amaba. Sé lo de la aventura porque descubrí la nota en la caja fuerte cuando nos mudamos. Estaba llena de afirmaciones de amor hacia nosotros, pero eligió la muerte porque no podía vivir sin esa mujer. No puedo evitar culparla.

No era lógico, pero nada relacionado con la muerte de su padre tenía sentido para él.

–La nota era lo único que había en la caja fuerte –continuó–. Mi padrastro la había vaciado. Mi madre también lo amaba, y él parecía corresponderle. Pensé que había hallado consuelo en él tras nuestra pérdida, pero no hizo más que utilizarla. Dejé la universidad porque había sufrido un infarto y descubrí que estaban a punto de cortarnos el teléfono y la luz. Lo perdimos a él y la casa el mismo mes. Mi madre estaba destrozada, pero también se sentía culpable por haber confiado en ese hombre y no haberme contado que la cosa estaba tan mal.

Raoul hundió las manos en los bolsillos, recordando las palabras de su madre. «Dijo que lo arreglaría».

—Desarrollé una profunda animosidad hacia cualquiera que intentara robarme —admitió.

Sirena palideció y su mirada se volvió turbia.

—Supongo que no es excusa para haberte hecho arrestar sin hablar contigo antes, pero en su momento me pareció justificado. Yo... ¡maldita sea, Sirena!, era el peor escenario que hubiera podido imaginar. Colado por mi secretaria, igual que mi padre, y traicionado por alguien en quien había llegado a confiar. Reaccioné rápidamente y con dureza.

—Lo comprendo —ella asintió mientras apartaba del pecho al bebé que dormía, y se tapaba.

Raoul se preguntó cuántas veces había visto esa expresión en el bonito rostro, la mirada baja y el gesto estoico. Sabía que era un jefe exigente que trabajaba duro y no tenía tiempo para errores. Y ella siempre había sido la primera en saber que se había producido uno.

La palabra «sufrida», surgió en su mente al mirar más allá de la impasible expresión, hacia la tensión que delataba su lenguaje corporal. Por primera vez captó el abatimiento en la voz de Sirena, la misma incomprensión que sentía él cuando hablaba del suicidio de su padre. Ella no lo entendía. Se limitaba a aceptar lo que no se podía cambiar.

El corazón de Raoul se encogió. Se enorgullecía de mantener a su familia y ser responsable, pero se había apoyado mucho en Sirena cuando había trabajado para él. Sin embargo, ¿en qué pilar se había apoyado ella? Oírle hablar de lo enferma, asustada y abandonada que se había sentido por su familia lo había aterrorizado y enfurecido. Y se preguntó para qué habría necesitado el dinero. Seguro que no era por deudas de juego, para ropas caras o drogas.

–¿Por qué me robaste, Sirena?

–Mi hermana necesitaba el dinero para pagarse la matrícula –Sirena dio un respingo ante la palabra «robar», y una sensación de derrota la invadió.

La respuesta provocó un tenso silencio. Raoul no se había esperado oír algo así.

–Estaba tan disgustada después de lo mucho que le había costado ser admitida... Había una enorme lista de espera y no podía esperar todo un semestre para volver a solicitar su ingreso. Va a ser una profesora fantástica porque sabe lo que cuesta conseguir las cosas. Sinceramente, pensé que solo sería durante unos pocos días, hasta que papá consiguiera cobrar de su cliente. ¡Por favor no le exijas el pago de la deuda! –se apresuró a añadir–. Tuvo problemas en su negocio. Ha tenido que cerrar y ha sido muy duro. Se moriría si supiera el lío en el que me metí.

La desolación no era fingida, y el arrepentimiento tan palpable que Raoul casi podía saborearlo. La explicación encajaba perfectamente con las revelaciones de la noche anterior sobre el amor que le profesaba a su hermana. Siempre la había considerado una persona leal, y por eso le había enfurecido tanto su traición.

Pero nada de eso excusaba su comportamiento, aunque al menos la comprendía.

–Creo que dormirá un rato –Sirena se levantó del sofá, pálida y sin mirarlo a los ojos.

Raoul debería haberla dejado tranquila, pero su mano la detuvo.

Sirena se paró, la mirada baja, la tensión palpable. Era evidente que deseaba alejarse de él, pero ni siquiera quería tocarlo para apartar el brazo y poder marcharse de la habitación.

Su rechazo a tocarlo alteró profundamente a Raoul. Habían desnudado sus almas, exponiendo sus motivos para tratar al otro como lo habían hecho, pero eso no cambiaba el que Sirena había robado, ni que deseara verla en la cárcel. Esa clase de heridas tardaba mucho en curar.

—Lo más sencillo, y mejor para Lucy sería que viviésemos juntos permanentemente —señaló él.

—Lo sé —Sirena dejó caer los hombros—. Pero no funcionaría. No confiamos el uno en el otro.

Parecía muy compungida, y él sentía lo mismo. Sin embargo, no podía rendirse. Él no era así.

—Podemos empezar de nuevo. Hemos ventilado el pasado. Maldita sea, Sirena —se apresuró cuando ella sacudió la cabeza—. Quiero estar con mi hija, y tú también. No irás a decirme que prefieres dejarla con una cuidadora la mayor parte del día. Y cuando la tenga yo ¿qué voy a hacer? ¿Contratar a una niñera para poder trabajar? No tiene sentido.

—Pero...

—Dejemos atrás el pasado —insistió él—. A partir de ahora tendrás que ser sincera conmigo. Júrame que no volverás a robarme. Prométemelo —sentenció a modo de ultimátum.

A Sirena se le llenaron los ojos de lágrimas. Raoul la atacaba desde varios frentes y ella se sentía confusa por la falta de sueño. La noche anterior se había sentido muy ofendida y había dado vueltas en la cama convencida de que sería un error hacerle ver el daño que le había hecho. ¿Qué le importaba? Encontraría el modo de utilizarlo contra ella.

Y aquella mañana se había levantado decidida a regresar a su apartamento.

Y entonces se lo había encontrado, con la ropa arrugada, incipiente barba y signos evidentes de no haber dormido nada. El corazón le había dado un vuelco. Todo lo que Raoul le había dicho había desbaratado su determinación de regresar a su casa.

«Colado por mi secretaria...».

El comentario no debería acelerarle el pulso, pero lo hacía.

–Hasta ahora nos las hemos arreglado, y eso que estábamos enfadados –bromeó él.

–Sigo furiosa –intervino Sirena exasperada, aunque parte de su amargura empezaba a disolverse.

Las confesiones de Raoul explicaban muchas cosas, como la firme determinación de triunfar.

Y no había hecho nada por disminuir la atracción que sentía hacia él, si acaso la había aumentado. Los gruesos muros que había levantado contra él empezaban a quebrarse al tiempo que surgían pequeñas fantasías sobre un futuro común, ganarse su confianza y, quizás, su amor.

Qué estupidez.

Dado lo que acababa de confesarle, ya era hora de aceptar que jamás la amaría. Lo más a lo que podía aspirar era a una tregua y a empezar de nuevo.

La injusticia se clavaba en su pecho como un cuchillo.

Lucy empezó a moverse y Raoul la tomó amorosamente en brazos. Cruzándose de brazos, Sirena intentó convencerse de que podría arreglárselas sola, sin embargo, el tema de la cuidadora de día había que tenerlo en cuenta.

–Mi madre quiere conocerla –insistió Raoul–. Ya sabes lo que le cuesta viajar, y es evidente que Lucy odia el biberón, pero habrá que obligarla a...

–¡No! –exclamó ella furiosa ante la idea de que Lucy pudiera alterarse por algo. Si su bebé prefería el pecho, estaban condenadas a ir juntas a todas partes.

—Pues entonces tendrás que venir a Nueva York con nosotros.

—¡No empieces a chantajearme! Te conozco. Consigues una pequeña concesión y la conviertes en otra más importante. Me pensaré lo de Nueva York, y si voy, no será como tu...

¿Amante? ¿Querida? ¿Novia? Los tres calificativos resultaban superficiales y temporales y reducían su autoestima a casi nada.

—¿Niñera? —propuso él haciendo una mueca—. Si no nos acompañas voy a tener que contratar a una. Preferiría pagarte a ti. Así podrías dejar de hacer transcripciones.

—No finjas que es tan sencillo, porque no lo es.

—¿Y qué es lo complicado? —Raoul le sujetó la barbilla, obligándola a mirarlo—. ¿Prometer no robar, o mantener la promesa?

Sirena se quedó paralizada, incapaz de huir de allí. El espasmo del dolor se reflejó en su rostro antes de que pudiera disimularlo, clavándose como una esquirla en su corazón.

—Jamás volveré a quitarte nada —contestó desafiante—. Jamás.

Raoul le sostuvo la mirada durante tanto tiempo que ella apenas pudo soportarlo.

Al fin él asintió una vez antes de marcharse, dejándola de pie, temblorosa. ¿Había ganado o perdido?

—Jamás pensé que me fuera a dar nietos —exclamó la madre de Raoul al tomar a Lucy en brazos por primera vez—. Es un adicto al trabajo.

Beatrisa era una mujer alta y delgada, elegantemente vestida y con los cabellos plateados recogidos en un moño. El sutil maquillaje resaltaba sus aristocráticos rasgos y llevaba unas elegantes joyas que, Sirena sospechaba, debían ser regalo de su hijo.

A Beatrisa siempre le había parecido faltar ciertas ganas de vivir y Sirena al fin comprendía el motivo. Le invadió un enorme deseo de ser amable con ella y se alegró de haber accedido a viajar a Nueva York, a pesar de ciertas incomodidades que le generaba su estancia allí.

–Tu madre cree que somos pareja –susurró cuando les mostró la habitación a compartir.

–Qué locura pensar algo así, con un bebé por medio... –bromeó Raoul.

–Deberías explicárselo.

–¿Cómo?

Esa era la clase de actitud que irritaba a Sirena, sobre todo porque veía adónde les iba a llevar. Beatrisa estaba mostrándose extremadamente amable, intentando no hacer preguntas y aceptando su relación «moderna», con comentarios de admiración hacia la independencia de la mujer. Cualquier intento de aclarar la situación no haría más que sacar a la luz el tema del matrimonio y Raoul no le encontraba ningún sentido.

Sirena no deseaba casarse con él. A pesar de haber alcanzado una especie de entendimiento con las revelaciones sobre sus respectivos pasados, no podía decirse que Raoul se hubiera enamorado mágicamente de ella. Y en cuanto a ella, era muy consciente del peligro que corría de volver a enamorarse de él, volviéndose vulnerable a su dominante personalidad. Ya le había roto el corazón en una ocasión. No podía permitirle hacerlo de nuevo.

–Utilizaré la cama que hay en la habitación de Lucy –decidió Sirena.

–El médico te ha dado permiso para algo más que para viajar ¿no? –suspiró él.

–¿Y por eso se supone que debo acostarme contigo? –ella lo miró furiosa desde el otro lado de la enorme cama–. Supongo que pensaste que me acosté contigo para ocultar mi crimen, pero el sexo no es algo tan trivial para mí. Necesito que haya sentimientos por ambas partes.

Raoul la miraba imperturbable, aunque era evidente que los engranajes de su cerebro funcionaban a pleno rendimiento.

Intentando adelantársele, Sirena sacó el cepillo de dientes y el pijama de la maleta.

–Por supuesto, tiendo a engañarme a mí misma –balbuceó–. Afortunadamente, porque de lo contrario no tendríamos a Lucy ¿verdad? Sin embargo, ambos sabemos lo que sentimos el uno por el otro y ya cometo bastantes errores nuevos sin tener que repetir los viejos.

Corrió a la habitación de Lucy y cerró la puerta, arrojándose sobre la cama y dando rienda suelta a sus lágrimas.

Capítulo 9

RAOUL se había criado en Nueva York, pero no sentía demasiado aprecio por una ciudad que solo le despertaba recuerdos amargos.

De camino a una reunión, le pidió a la recepcionista que lo interrumpiera si Sirena llamaba.

–¿La señorita Abbott? ¡Creía que había abandonado la empresa! ¿Cómo está?

–Bien –contestó secamente Raoul a la amable mujer.

Era mentira. No la había visto aquella mañana, pero por la expresión de su rostro la noche anterior, estaba seguro de que Sirena no estaba bien.

Taciturno, escuchaba a medias a sus ingenieros mientras hacía algunos cálculos. Si no había salido con nadie después del chico de la universidad, solo había tenido un amante.

Él.

«El sexo no es algo tan trivial para mí. Necesito que haya sentimientos por ambas partes».

«Por supuesto, tiendo a engañarme a mí misma», había añadido en un intento de borrar lo dicho. Raoul apretó la mandíbula. A pesar de los motivos para robarle, presentados en el contexto de una mujer que no había creído que él la ayudaría de habérselo pedido, lo cierto era que jamás había dudado de que se había acostado con él para encubrir lo que había hecho.

Necesitaba creerlo. Cualquier otra opción resultaba demasiado inquietante.

Sirena no había esperado que un revolcón terminara en una proposición de matrimonio, pero sí había esperado ser tratada con respeto.

El día de su aventura, había ido mucho más allá del respeto. Había sentido afecto por ella.

Y cuando pensaba en esas veinticuatro horas, le parecía estar viviendo otra vida. La dulzura de esa mujer, la sensación de alivio al ceder por fin a su deseo de tocarla, la potente liberación...

Una compuerta se había abierto en su interior. Pero, mientras sus sudorosos cuerpos semidesnudos temblaban de éxtasis, había vuelto bruscamente a la realidad de lo que acababan de hacer. Con quién lo había hecho. De lo vulnerable que se sentía.

En su interior habían saltado todas las alarmas. Mientras los carnosos labios de Sirena le habían acariciado el cuello, él había sido muy consciente de una profunda sensación de peligro. Su padre no se había suicidado porque se hubiera enamorado de su secretaria. Se había suicidado por haber sucumbido a la tentación. Por haberse enamorado.

Lo que él había sentido por Sirena durante esos apasionados minutos le había aterrorizado.

Y se había apartado de ella. Para cuando le hubo llevado de vuelta a su casa y regresado a la suya, había buscado cualquier motivo para apartarla tan lejos de su lado que jamás pudiera volver a alcanzarlo.

Y lo había hecho.

En lugar de suicidarse había destruido lo que había surgido entre ellos.

De repente tuvo una horrenda y nauseabunda visión de sí mismo. Se puso de pie de un salto, llamando la atención del resto de los asistentes a la reunión.

—¿Algún problema, señor?

–Tengo que hacer una llamada –mintió Raoul mientras se dirigía a su despacho.

Se frotó la cara. Odiaba sentirse tan torturado. Culpable. Lo cierto era que esa mujer le había robado, y no debía olvidarlo.

Sin embargo, no había reaccionado de esa manera contra ella por el robo. El verdadero crimen de Sirena había sido conmoverlo. Sirena se había atrevido a atravesar muros que nadie había resquebrajado jamás.

«La lujuria no es afecto».

No, no lo era, pero lo que él sentía no era simplemente lujuria.

Sirena respiró aliviada cuando Raoul se marchó a su oficina antes de que ella se levantara. Por supuesto, su corazón era lo bastante hipócrita como para echarle de menos. También sentía una mezcla de envidia y descontento porque él seguía trabajando en una de las estimulantes oficinas que tanto le habían gustado. ¿Quién estaría ocupando su lugar? Odiaba a su usurpadora.

Hablar con Beatrisa y escuchar relatos sobre la infancia de Raoul se convirtió en una agradable distracción de sus confusas emociones.

Raoul regresó inesperadamente a la hora de comer, con una sorpresa: entradas para el teatro.

–Los musicales no son lo mío. Me quedaré con Lucy, vosotras divertíos.

Era lo que Sirena siempre había deseado hacer cada vez que habían visitado Nueva York, pero para lo que nunca había tenido tiempo o dinero. Después del espectáculo habían disfrutado de un té y bollos en una glamurosa cafetería hasta que Raoul había enviado un mensaje anunciando que su hija había heredado su vena testaruda.

Así pues regresaron enseguida para que Sirena pudiera alimentar al hambriento bebé.

–Me alegra que te hayas divertido –sonrió Raoul–. Empezad a cenar sin mí. Tengo que hacer una llamada.

Cuando al fin se reunió con ellas a la mesa, Raoul llevaba puesta la máscara del aislamiento. Su madre no captó las señales, pero Sirena sí.

–Me temo que habrá un cambio de planes, madre –anunció Raoul tras la cena–. La empresa va a recibir un premio en Los Ángeles y tengo que volar hasta allí para recogerlo.

–¡Pero si tú odias esas cosas! –exclamó Sirena.

–¡No vas arrastrar al bebé por todo el país! Pueden quedarse aquí conmigo –protestó su madre.

–Han insistido en que Sirena acuda también –Raoul giró la taza de café en la mano–. Es esa gente con la que trabajamos para el programa informático de efectos especiales –le informó–. Siempre les has causado una buena impresión y te han echado de menos.

–Nunca he asistido a uno de esos eventos contigo –pensó en todas las mujeres hermosas que lo habían acompañado en el pasado y se sintió del todo inadecuada para ser su pareja.

–Pero las cosas han cambiado ¿verdad?

¿En qué sentido? Ella levantó la vista y su mirada gris colisionó con los ojos de Raoul.

–No habrá nadie para ocuparse de Lucy.

–Miranda ha accedido a tomar un avión y quedarse con ella.

–¿Pretendes que tu hermanastra vuele a Los Ángeles para hacer de canguro?

El modo en que Raoul desvió la mirada delataba que no estaba siendo sincero con ella.

–Se pasa la vida volando. Tendremos que madrugar, pero volveremos aquí para pasar un día o dos antes de regresar a Londres –poniéndose en pie, Raoul dio por terminada la conversación.

–Raoul... –la vieja costumbre de acomodarse a las necesidades de su jefe chocaron con las más recientes de atender las de su hija y las suyas propias.

–Esto es importante para mí, Sirena. Por favor, no discutas.

¿Acababa de pedírselo por favor? Sirena se quedó muda y Raoul aprovechó para escapar.

Cuando Raoul decía que había que madrugar, lo decía en serio. Entró en su habitación y empezó a recoger las cosas de Lucy mientras empujaba a Sirena hacia la ducha. Estar desnuda y sabiéndolo al otro lado de la puerta le provocó un intenso calor, si bien él se mostró del todo indiferente. En menos de una hora estaban los tres en el avión.

A Lucy no le gustó el despegue y para cuando Sirena por fin pudo respirar, ya estaban en el aire. Aceptó agradecida una taza de café mientras Raoul trabajaba en su portátil.

–A mí también me gustó ese equipo de las películas, pero no me puedo creer que nos hayas sacado de la cama por ellos. ¿Qué está pasando aquí, Raoul?

–Puedes retirarte al camarote para dormir un rato más –contestó él sin siquiera levantar la vista.

–No, ya me he tomado un café. Vas a tener que entretenerme.

Raoul la miró con las pupilas tan dilatadas que los ojos parecían casi negros.

–Muy bien –asintió tras comprobar que el bebé dormía.

En un segundo se había transformado de un obseso por el trabajo a un depredador sexual.

Sirena sintió un cosquilleo en la piel y un profundo calor entre los muslos.

Raoul sonrió seductoramente mientras deslizaba la mirada hasta los pechos de Sirena, cuyos pezones se marcaban erectos, y ella lo sintió de repente muy cerca.

Desvió la mirada, pero la imagen de ese hombre permaneció en su retina. El torso de Raoul era mortalmente atractivo y deseaba volver a verlo, volver a deslizar sus manos por los anchos hombros y tensos abdominales.

–Ya habíamos hablado de eso –avergonzada, ella tragó con dificultad–. No es una opción.

–Lo dices porque crees que no siento nada por ti.

–No espero que lo sientas –contestó ella secamente–. No discuto tu amabilidad al acogerme cuando estaba convaleciente, pero tuvo mucho más que ver con Lucy que conmigo. Lo de ayer fue un detalle, pero en realidad el regalo era para tu madre. A mí me enviaste para acompañarla.

–Menuda opinión tienes de mí y mis motivos ¿verdad?

–No pretendía resultar insultante.

–Pues estás haciendo un gran trabajo. Esperemos que este viaje me redima a tus ojos –Raoul devolvió su atención al portátil, dejándola a ella fuera. Seguramente lo mejor.

El tono casi herido con el que le había hablado desconcertó a Sirena y una pequeña chispa de ambigüedad prendió en sus entrañas. ¿Estaba tan obsesionada en protegerse a sí misma que no se daba cuenta de que existían en Raoul unos sentimientos más cálidos?

Sirena terminó por quedarse dormida y cuando despertó ya estaban en California. No se alojaron en la suite que habían utilizado dos años antes. La que ocuparon en esa ocasión era de diseño ultramoderno y forma redonda que daba al mar.

Los ventanales que iban del suelo al techo estaban enmarcados en gris y blanco. Los muebles eran modernos y lujosos. Las cortinas y los almohadones, de color dorado le daban al conjunto un toque sensual y las vistas al mar y a la ciudad eran impresionantes.

Fiel a su costumbre, Sirena revisó la suite para asegurarse de que estuviera todo lo necesario.

–No hay Chivas ni cable para una conexión segura a internet –anunció–. Informaré de ello. ¿Quieres que pida más café de ese que te gusta llevarte a casa?

–Me encantaría, gracias –contestó él con una sonrisa divertida tras una breve pausa.

La expresión en el rostro de Raoul fue como un rayo de sol que penetrara directamente hasta el alma de Sirena. ¿Qué estaba haciendo? De ninguna manera iba a mendigar su afecto. Tenía que cortar esa locura de raíz.

Afortunadamente la niña despertó demandando su atención y a continuación apareció un estilista con una cinta métrica y un muestrario de telas de colores.

–¿Qué? ¿Para qué? –protestó Sirena cuando Raoul tomó al bebé en brazos.

–Dentro de unos días tenemos ese evento de gala –le recordó él.

–¡No mencionaste que fuera de gala! Pensé que se trataría de un cóctel –no es que hubiera engordado excesivamente, pero tenía el cuerpo flácido y unas marcadas ojeras bajo los ojos. Jamás encajaría como una de esas bellezas que Raoul solía llevar colgadas del brazo.

Confusa y agobiada, consiguió sobrevivir al resto del día y, tras un relajante baño, salió a la terraza a tomar el aire. Una suave brisa se había llevado la contaminación y el aire olía a mar.

Raoul se unió a ella provocándole un cosquilleo en el estómago que intentó ignorar.

–¿Qué opinas? ¿Debería comprar el edificio?

–¿Te están agasajando para convencerte? –preguntó ella antes de sacudir la cabeza–. Quería ver los fuegos artificiales del lugar más feliz de la tierra, pero no se ven desde aquí, de modo que no me sirve. Toda una decepción.

–Condicionaré la compra a que trasladen el edificio al condado de al lado –murmuró él.

–¡Ja! –exclamó Sirena–. Tendré que consultar el mapa. Uno de mis sueños siempre ha sido venir a Los Ángeles, visitar los parques temáticos, ponerme las orejas de ratón. Pensé que en esta ocasión al menos vería el castillo y los fuegos artificiales.

–Tienes tiempo. Estaremos aquí una semana. Tómate... –Raoul se interrumpió.

–Lucy es demasiado pequeña para disfrutarlo –Sirena adivinó lo que iba a decirle–. Esperaré a una ocasión mejor –contempló el agua azul de la piscina–, suponiendo que volvamos.

Frunció los labios, preguntándose si su vida iba a ser así. Sospechaba que sí.

–Sinceramente, Raoul, no sé si habría disfrutado tanto de este viaje si nos hubiésemos alojado en moteles baratos. Vives muy bien y resulta muy tentador permanecer a tu lado para siempre.

–¿Es lo único que te resulta tentador? –preguntó él con una leve irritación.

–¡Por favor! –Sirena se alegró de que la oscuridad no revelara su rostro carmesí–, pero ya he mantenido una relación por razones prácticas y no son tan bonitas como parecen. Saber desde el principio que no permanecería junto a Stephan para siempre me hacía sentir atrapada.

–No soporto que hables de ese tipo –observó Raoul con severidad–. La nuestra es la relación menos práctica y convencional que he mantenido jamás, pero aun así la deseo. Te deseo.

–Lo que quieres decir es que...

–No –la interrumpió él acercándose tanto que Sirena se apretó contra la barandilla.

–¿No, qué?

–No digas que solo deseo a mi hija. Es cierto que la deseo, pero no es por ella por lo que estoy aquí. Te he visto salir a la terraza con ese albornoz pegado a tu piel mojada –inspiró hondo mientras recorría su cuerpo con la mirada y tiraba del cinturón.

Sirena debería haberse dejado llevar, pero se resistió y el cinturón se soltó.

–Raoul –tenía que haber sonado a protesta, pero pareció más un seductor susurro.

–Déjame –gruñó él mientras lentamente le abría el albornoz–. Qué hermosa eres.

Sirena necesitaba desesperadamente oír algo así y el modo en que Raoul devoraba su cuerpo desnudo con la mirada resultaba intensamente gratificante.

El fresco aire de la noche le puso la piel de gallina y tensó los pezones. A continuación le invadió una oleada de calor instigada por el deseo y la admiración que despertaba en ella la intensa mirada de ese hombre.

–Raoul –volvió a gemir con desesperación.

Raoul dio un paso al frente y con unas ardientes manos le rodeó la cintura atrayéndola hacia sí.

Sirena echó la cabeza hacia atrás y recibió los labios de Raoul con un gemido. Aquello estaba mal, pero lo deseaba con toda el alma. Deslizó las manos por los fuertes hombros mientras él cubría su trasero con las manos ahuecadas presionando su cuerpo contra la rígida erección.

En la mente de Sirena solo había cabida para ese hombre que la encendía solo con tocarla.

Raoul hundió la lengua en su boca, reclamándola, sujetándole el rostro con las manos. Sirena se apretó contra él, buscando más, deleitándose en las caricias sobre sus pechos.

–Al dormitorio –susurró él interrumpiendo el beso.

–No podemos –Sirena recuperó repentinamente la cordura.

–¿Por qué no?

Por más que lo intentaba no lograba pensar en algo que no fuera tenerlo dentro. Pero no habría nada más, solo sensaciones físicas. Y por mucho que deseara la liberación, sabía que no podría mantener una relación tan desapasionada.

Raoul leyó el rechazo en la mirada verde y su expresión se volvió sombría. Agarrándose a la barandilla se impulsó y saltó a la terraza de la piscina.

–¿Qué...?

Aterrizó entre dos tumbonas, dio tres largas zancadas y se lanzó al agua.

Sirena se cubrió la boca con una mano, sorprendida, mientras lo veía bucear a gran velocidad de un lado al otro de la piscina. Tras completar un largo y la mitad de otro, sacó la cabeza del agua.

–¿Qué demonios estás haciendo? –gritó ella.

–¿Qué demonios estás haciendo tú? –espetó Raoul mientras salía del agua–. Si no te metes dentro, iré por ti, y te juro que esta vez no me voy a detener.

Sirena corrió al dormitorio y, abrazada a una almohada, se dijo que había hecho lo correcto.

A pesar de parecerle la decisión más estúpida del mundo.

–¡Sirena!

«Ya era hora». Por culpa de ese hombre había pasado la noche odiándose por no haberse acostado con él, aunque se habría odiado más aún si lo hubiera hecho. Luego, Raoul se había marchado sin dejar ni una nota, aunque sí había dejado preparada la cafetera. Pero eso no excusaba su irrupción, gritando su nombre, cuando intentaba calmar al bebé.

–Sirena ¿dónde...? Ah, estás ahí.

–Casi se había dormido –ella lo miró furiosa y acunó al bebé.

–Déjamela –le pidió él acercándose como un ejército a la carga.

–De acuerdo, tómala. A lo mejor contigo se duerme –musitó Sirena de muy mal humor porque ella misma necesitaba dormir tanto como el bebé. Quizás si se acostaba con él...

«Cállate, Sirena».

–No me gustaría que se te cayera –observó él– cuando veas quién ha venido conmigo.

Sirena descubrió a una joven. Rubia, delgada de rostro dulce e inocente, y a la vez alta y bien proporcionada sin rastro de la preadolescente que había sido la última vez que la había visto.

Los cálidos ojos marrones de Allison estaban anegados en lágrimas mientras que una traviesa sonrisa se dibujaba en su rostro.

–¡Soy yo! –extendió los brazos–. ¡Sorpresa!

Un grito escapó de labios de Sirena, cerrándole la garganta. Ahogándose, empezó a agitarse, quería moverse, pero las rodillas no le obedecían.

–Debería habértelo advertido –Raoul la sujetó justo a tiempo–, pero no quería que te hicieras ilusiones por si algo salía mal.

–Estoy bien, estoy bien –balbuceó ella obligando a sus piernas a sujetar el peso de su cuerpo.

Al llegar junto a la familiar, aunque crecida, hermana pequeña a la que no había visto en años, se dio cuenta de que le dolían las mejillas porque jamás había sonreído tanto en su vida.

—No pareces tan alta cuando hablamos por el ordenador —consiguió bromear.

El abrazo resultó profundamente emotivo y Sirena creyó que iba a romperse en pedazos.

Raoul se emocionó al presenciar el prolongado abrazo entre ambas mujeres. Ali, como le gustaba que la llamaran, no había parado de hablar en la limusina, gesticulando de un modo que le había recordado a Sirena, a pesar del distinto acento y color de pelo. También compartía con su hermana una voluntad férrea. Raoul tenía la impresión de que ese viaje, sin sus padres, representaba una pequeña rebelión y se preguntó si tendría alguna consecuencia para Sirena.

Faye le había parecido extrañamente obstructiva, considerando que los gastos del viaje corrían todos de su cuenta. Lo que más le había costado había sido impedirle hablar con Sirena algo que, sospechaba, habría dado al traste con la visita de Ali.

Los posibles altercados con la familia de Sirena tendrían que esperar a una mejor ocasión, decidió. En esos momentos, viendo lo feliz que era ella, sintió que todo había merecido la pena.

—¿Puedo conocer a Lucy? —Ali se dirigió a Raoul—. Me muero por tenerla en mis brazos —tomó a su sobrina y suspiró—. Oh, Sin, qué bonita es.

«Sin», a Raoul le encantó el apodo.

—¿A que sí? —asintió la orgullosa madre.

Parecía tan conmovida que Raoul no pudo resistirse a acercarse a ella. Parecía estar luchando por contener sus emociones. Suavemente le retiró los cabellos del rostro.

—No pensé que fuera a impresionarte tanto. ¿Estás bien?

Ella lo miró resplandeciente antes de arrojarse en sus brazos.

Raoul soltó una exclamación de sorpresa y la abrazó con ternura.

–No tienes ni idea de cuánto significa para mí –Sirena enterró el rostro en el pecho de Raoul–. Jamás podré agradecértelo bastante.

Toda la tensión sexual de la noche anterior regresó con ese abrazo. Raoul era muy consciente de los pechos que se apretaban contra él, así como del aroma que desprendía a té verde y piña. Una increíble sensación de ternura lo invadió. Había pretendido hacer algo bonito, pero jamás había sospechado que algo tan sencillo tuviera ese impacto.

Dominado por sus instintos, la abrazó y acarició los cabellos con la barbilla, tragándose la emoción que le obstruía la garganta. Había olvidado los beneficios de permitirse sentir algo por los demás. Cuando la otra persona era feliz, él era feliz. Debería haberlo hecho antes. Había curado la herida del corazón de Sirena, llenándolo de felicidad, y no le había costado nada. Un par de llamadas y un billete de avión.

–Vosotros dos –observó Ali–, qué bonita pareja hacéis.

Después de lo de la noche anterior, Sirena no sabía dónde se situaban en la relación. Siempre se había sentido atraída hacia él y, en esos momentos, estaba anclada a él, corazón con corazón.

Apartándose, se secó las lágrimas e intentó recomponerse. La abrumadora emoción no se debía únicamente a la impresión y alegría de ver a su hermana. Una gran parte se debía a que aquello lo había hecho Raoul. Para él el dinero no era nada, pero tener la idea y llevarla a la práctica...

¿Significaba eso que sentía algo por ella?

Sirena tenía miedo de mirarlo, temerosa de no ver nada. Le aterrorizaba haber dejado caer las barreras hasta dejar expuesta su alma y el lugar especial que le tenía reservado en ella.

–Es como si fuera Navidad –sonrió Sirena–. Y ni siquiera te he comprado una corbata, Raoul.

Todos estallaron en carcajadas. Después, Raoul pidió la comida al servicio de habitaciones y comieron junto a la piscina. A la mañana siguiente, Sirena se encontró con él en la cocina.

–¿No puedes dormir? –preguntó muy nerviosa, sintiéndose expuesta sin Lucy o Ali para acallar la energía sexual que estalló inmediatamente entre ellos–. Yo tampoco.

–Tengo una mañana muy ocupada antes de que Europa se vaya a dormir, pero quería darte esto –le mostró unas entradas–. Casi te solté lo de Ali cuando hablaste de ello la otra noche. Estuve a punto de sugerirte que fueras con ella.

–¡Raoul! –exclamó Sirena al ver impresa la silueta del castillo rodeado de polvo de hadas.

–Y para que quede claro, las entradas no son para tu hermana, aunque espero que disfrute tanto como tú. Tampoco son para Lucy. Son para ti, porque siempre lo has querido.

Raoul la besó. El gesto fue tan dulce que ella no pudo resistirse a corresponderle. Su delicioso sabor le puso la piel de gallina.

Sirena tragó nerviosamente mientras intentaba ocultar lo conmovida que se sentía.

–En serio, no sé qué pensar de todo esto –bromeó con el corazón acelerado–. Te estás molestando mucho para mantenerlo todo puertas adentro.

–Sirena...

–Lo siento –ella lo interrumpió agitando una mano

en el aire–. Estoy bromeando porque no sé qué más decir, no porque crea que tengas segundas intenciones –se disculpó rápidamente.

–Supongo que no soy muy expresivo –Raoul suspiró y la observó detenidamente.

Una sucesión de emociones cruzó por el habitualmente estoico rostro de Raoul. Emociones íntimas y, sospechó Sirena, indicativas de un profundo cariño.

Sintió el impulso de acercarse a él, pero, asaltada por una sensación de timidez e incertidumbre, optó por no moverse del sitio. De todos modos ¿qué podía decirle? ¿Iba a confesar que se había rendido a sus pies con un par de besos y bonitos gestos? No era cierto. Tenía muchísimas dudas.

–Después de la muerte de mi padre –Raoul se frotó el rostro con una mano–, alejé a todo el mundo de mí.

Aparentemente, Sirena asimilaba lo que oía aunque por dentro estaba histérica. Segura de haber palidecido, consiguió quedarse en pie, asintiendo con prudencia.

–Entiendo.

Las palabras parecieron resultar ofensivas, pues Raoul dio un respingo.

–En serio –insistió ella con toda la sinceridad de que fue capaz–. Tengo miedo de que subas la apuesta sin previo aviso –tragó nerviosamente intentando buscar palabras que no revelaran demasiado–. Hasta alcanzar un mayor nivel de dependencia.

–No voy a cambiar nada. Todo lo que quiero está aquí y ahora –señaló hacia el suelo que los separaba, dando a entender que hablaba de despertar cada mañana junto a ella y su pequeña familia, lo cual sonaba muy agradable, pero no era su cuento de hadas.

Sirena era consciente de que debía mantener sus expectativas a un nivel realista, aunque doliera, como dolía saber que nunca la amaría.

La comprensión de la profundidad de sus sentimientos la inundó como la más poderosa de las pócimas. Aquello no era encapricharse del jefe, eran las hormonas rugiendo por el hombre equivocado. Era la evolución de unos sentimientos y una atracción que siempre había sentido hacia él. Todo había desembocado en una profunda devoción y deseo de vivir con él.

–Parece que lo has hecho tú todo y que yo no he hecho nada por ti –Sirena tragó con dificultad–. ¿Qué tal si preparo el desayuno? –se dirigió a la nevera para inspeccionar su contenido.

Raoul continuó mimándola. Tras pasar el día en el parque, dejó boquiabiertos a los selectos clientes de un restaurante de lujo al llevar al bebé. Por supuesto, presenciaron los fuegos artificiales desde la mesa. Al día siguiente fueron a la playa y tomaron marisco y vinos locales.

Y llegó el momento de los preparativos de la gala de los premios de tecnología. Raoul las llevó a una casa de modas de Rodeo Drive donde le entregó la tarjeta de crédito a una estilista.

–Ali, busca algo para ti, y si encuentras alguna cosa que pudiera gustarle a tu madre, llévatelo también. Estoy preparándole a tu padre un prototipo de mi nuevo dispositivo para que se lo lleves tú, pero si ves algo aquí para él... –se inclinó para besar a Sirena en la mejilla.

–Los gustos de papá son muy sencillos –contestó ella perpleja ante tanta demostración de afecto.

Aún no se había acostumbrado al comportamiento tan solícito que mostraba desde hacía días.

–Lo que tú digas. Estaré en Armani probándome el nuevo esmoquin, cuando termine volveré por Lucy.

–Esto es como *Pretty Woman* –observó Ali, sentada en un mullido sillón–. Te vas a casar con él ¿verdad?

–Cariño, ya te he explicado que no es lo que parece.

Nos metimos en este lío por culpa de una locura pasajera y ahora intentamos llevalo lo mejor posible –Sirena no se atrevía a revelar nada más por miedo a entrar en detalles que distaban mucho de ser románticos.

Había ocultado el arresto a su familia. Aunque no había sido culpa de su padre, sabía que se sentiría responsable y desde luego no quería que su hermana se sintiera culpable por perseguir su sueño de convertirse en maestra.

Pero tampoco quería contárselo todo, para que no tuviera mala opinión de Raoul. Lo que le había revelado era muy personal y daría la imagen de ser un monstruo frío e inclemente. Lo cual distaba mucho de ser cierto.

Sirena suspiró. Tenía que admitir que sentía admiración por sus rasgos. Era un hombre fuerte y ambicioso con un elevado sentido de la responsabilidad y lealtad hacia su familia. Habiéndose criado rodeado de mujeres, era muy galante y poseía un instinto innato que le llevaba desear proteger a los suyos y mantenerlos económicamente.

Pero aunque hubiera sido viejo, desdentado y obeso, ella lo seguiría amando.

–¡Sin, estás preciosa! –exclamó Ali.

Sintiendo una punzada en el corazón, contempló el vestido color esmeralda y pensó en lo diferente que era de Raoul. Por muy elegantemente que se vistiera, aunque se blanqueara los dientes y amara a su bebé, él seguiría viéndola como una ladrona.

Capítulo 10

ESTARÁ bien! —Raoul oyó las exasperadas palabras de Ali—. Las dos lo estaremos. Te lo juro.

—Pero llámame si hace falta. ¿Tienes el número de Raoul por si yo no oigo mi teléfono?

Reprimiendo una sonrisa, Raoul entró en el cuarto del bebé. Vagamente consciente de Ali que cambiaba con pericia el pañal de Lucy, se llenó la vista con Sin, quedándose sin aliento.

De espaldas a él, la maraña de rizos caía como una cascada sobre un hombro. El vestido verde dejaba la espalda al descubierto. La falda caía elegantemente sobre sus caderas.

—Ha venido tu cita —anunció Ali—, y menudo bombón también.

Sirena se volvió, inquieta, mordiéndose el labio. No le hacía falta maquillaje y el estilista lo había comprendido, limitándose a resaltar los impresionantes pómulos y las largas pestañas.

Llevaba unos pendientes de esmeraldas, a juego con la pulsera. Eran joyas prestadas, pero Raoul decidió que iba a comprarlas. Combinaban demasiado bien con los ojos verdes como para permitir que otra mujer las luciera.

—Lo siento —murmuró ella—. ¿Me has estado esperando?

«Toda la vida».

—Marchaos ya —Ali dio un empujón a su hermana—. Está de los nervios, a pesar de que le he asegurado que hice de canguro para media Sídney antes de trabajar en la inmobiliaria.

Raoul le ofreció su brazo, sin atreverse a decirle lo hermosa que estaba por miedo a que su voz le traicionara. Sin embargo, dio un respingo cuando ella se le adelantó.

–Estás muy guapo.

Sirena le tomó el brazo y su proximidad llenó los sentidos de Raoul de una sutil mezcla de aromas florales con un toque cítrico.

Entraron en el ascensor, pero él no pulsó ningún botón. Esperó a que las puertas se cerraran y al fin cedió a la tentación de ajustarle la falda del vestido, revelando una pierna desnuda y unos altísimos tacones.

–¿Qué haces? – ella intentó esconder de nuevo el pie bajo la falda, pero él se lo impidió agarrándola de la cintura.

–No te muevas, Sin.

Sirena dio un respingo como si se hubiera quemado, pero el rubor que inundó sus mejillas y el brillo que desprendieron los ojos verdes revelaba que se trataba más de una reacción erótica.

–Estás impresionante –murmuró Raoul mientras sacaba el móvil del bolsillo de la chaqueta.

–¿En serio? –Sirena abrió los ojos desmesuradamente e hizo una mueca mientras intentaba ordenar sus confusos pensamientos. Decidida a optar por la pose de mujer segura de su aspecto, echó los hombros hacia atrás y separó un poco los pies–. Qué predecibles sois los hombres.

–Es verdad –asintió él haciendo una foto–. Somos criaturas muy simples. Ahora quítatelo.

–Pienso dejármelo puesto al menos tanto tiempo como me llevó entrar en él –ella soltó una carcajada y pulsó el botón de la planta baja–. Déjame ver la foto.

Contemplando la foto con ella, Raoul advirtió algo que no había tenido la intención de captar. Le había gustado el reflejo que le había devuelto el espejo de la parte trasera del vestido y su intención había sido inmortalizarlo, pero no se había dado cuenta de que su propia expresión también se reflejaba en el espejo. Su rostro estaba teñido de lujuria. Y había algo más.

Rápidamente guardó el teléfono, no queriendo ver la desnuda emoción que reflejaba su rostro.

Desconcertada, Sirena se dijo que ya debería estar habituada a los cambios de humor de Raoul que iban de la cálida familiaridad a la seriedad del empresario en un latir de corazón. Intentó calmar el pulso y dejar de figurarse cosas que no existían. La naturaleza romántica de Ali era contagiosa. «Se te va a declarar. ¿Por qué si no se tomaría un hombre tantas molestias?».

Ali no era consciente de que para ese hombre el lujo era habitual. Y seguramente tomaba fotos de todas sus citas para colgarlas en su pequeña agenda electrónica y así saber quién era quién.

Tuvo que morderse la lengua para no proponerle la idea como nuevo programa informático.

Tan absorta estaba que no se dio cuenta de que el ascensor se había detenido.

–¿Qué sucede? –preguntó Raoul.

–Por si acaso se me olvidara decírtelo luego, me lo he pasado muy bien –Sirena intentó aligerar el ambiente citando a Julia Roberts en *Pretty Woman*.

–Yo también.

Temblando de pies a cabeza, Sirena aceptó la mano que él le ofreció y le permitió guiarla hasta la limusina. Era como si estuviera entrando poco a poco en un mundo surrealista lleno de color.

Avanzaron por la alfombra roja, rodeados de actores.

«No es más que Hollywood mimándose un poco», había dicho Raoul. Aun así, Sirena apenas podía cerrar la boca.

–Realmente estás disfrutando con esto –observó él durante un descanso de la gala.

–¿Y cómo no iba a disfrutar? Yo no poseo ningún talento en particular y me maravilla ver actuar a los que sí lo tienen.

–Eres una madre excelente, Sirena.

–¡Por favor! –protestó ella, incómoda con los halagos–. Tener al bebé casi me mata y me abro paso a trompicones entre cólicos y la lactancia. No creo ni de lejos que tenga ningún talento.

–No bromees con esas cosas –observó él con gesto severo–. Nunca.

Como todas las críticas, merecidas o no, Sirena se tomó muy en serio las palabras de Raoul.

Poniéndose en pie, él le agarró la mano e intentó obligarla a levantarse.

–¡No! –exclamó ella horrorizada, apenas capaz de contener sus emociones. No estaba dispuesta a colocarse bajo los focos cuando estaba al borde de las lágrimas.

–Este innovador programa informático se desarrolló para cubrir la necesidad de un determinado efecto. No podría haberse desarrollado sin las personas que lo pidieron, pero creo que todo el equipo estará de acuerdo en que no lo habríamos entregado a tiempo y respetando el presupuesto sin el apoyo de mi excepcional asistente personal en ese momento, Sirena Abbott. No ha querido subir al escenario conmigo porque se siente más cómoda en el papel de ayudante que bajo los focos. Hace poco que me he dado cuenta de ello, Sin.

El apodo fue un gesto de ternura, pero la intensidad de la mirada fue monumental. Después recordaría todas las cámaras, y todos los rostros, volviéndose hacia ella, pero en ese momento solo era consciente de la mirada y atención de Raoul.

–Hace poco trabajaste muy duro en un proyecto especial en el que yo solo ejercí un papel menor. No voy a aceptar ningún mérito por la preciosa hija que nos has regalado. Si esta noche se entregaran estatuillas doradas por ese motivo, esta sería para ti.

¡Qué hombre tan fastidioso! Se le iba a estropear el maquillaje si no conseguía contener las lágrimas que anegaban sus ojos.

Raoul fue escoltado fuera del escenario para la sesión de fotos y Sirena aprovechó la oportunidad para escabullirse al tocador de señoras. Nadie la había elogiado tanto en su vida y no sabía cómo sobrellevarlo. Las críticas dolían, pero estaba acostumbrada a ellas.

Una parte de ella quería creer que las palabras de Raoul no habían sido más que halagos vacíos, pero amaba demasiado a su hija para ignorar las cosas tan bonitas que había dicho sobre ella, incluso si ello implicaba aceptar los elogios por su propia contribución.

Lo cierto era que intentaba ser una buena madre y una buena persona. ¿Tan imposible era que él se hubiera dado cuenta llegando a valorar esos detalles?

Con la respiración aún acelerada, abandonó el tocador de señoras y corrió hacia Raoul.

–Te estaba buscando –al verla, se paró en seco.

–Unos zapatos y un vestido como este son todo un reto para ir al baño –bromeó ella.

Raoul la empujó hacia una zona más apartada. Era la enésima vez que deslizaba la mano por la piel desnuda de Sirena que sintió una descarga en el cerebro.

–¿Estás enfadada conmigo? –preguntó él.

–¿Por qué? –ella agachó la cabeza fingiendo buscar algo en el bolso para ocultar su rubor.

–Por contarle al mundo entero que somos padres de un bebé.

–Ah, eso –apretó los labios–. Yo no lo hubiera anunciado así, pero no voy a fingir que no existe.

–Yo tampoco pretendía revelarlo de ese modo. Ahí atrás he recibido no pocas preguntas sobre si vamos a casarnos. Y he comprendido que deberíamos hacerlo. Así no tendrías que preocuparte por depender de mí.

Estupefacta, Sirena miró fijamente la pajarita de Raoul. Esa proposición había sido aún menos emotiva que la «quizás deberíamos casarnos», de Stephan años atrás.

–Y antes de que me acuses de proponértelo solo por cuestiones prácticas –Raoul la acorraló en un rincón–, te recuerdo que hay un motivo para que acabásemos metidos en un embarazo no planeado –la atrajo hacia sí.

Sirena se agarró a la manga de la chaqueta de Raoul para no caerse, pero con la otra mano lo empujó con el bolso mientras echaba la cabeza hacia atrás y entreabría los labios espantada.

–Me acabo de retocar el carmín –se excusó cuando él inclinó la cabeza para besarla.

–No me importa –Raoul cubrió los labios recién pintados con los suyos, a la vez calmando e intensificando el deseo de Sirena.

Una llamarada de calor les rodeó quemándola viva mientras giraban juntos directos al sol.

Sirena gimió al entrar sus lenguas en contacto y se puso de puntillas para aumentar la intensidad, hundiendo las manos en los cabellos de Raoul para empujar su cabeza hacia ella aún más. Él se mostró complaciente intensificando el beso hasta alcanzar proporciones feroces.

Sirena sintió claramente la potente erección presionar contra la seda del vestido, pero incluso esa seda le estorbaba. No quería que nada interfiriese entre sus cuerpos y gimió, casi llorando.

—Esto es una locura —murmuró Raoul apartándose de ella, pero sin soltarla.

Sirena tembló, mortificada al ser consciente de lo cerca que estaba de perder el control en público. No servía de consuelo que estuviera arrinconada en un lugar apartado.

—Raoul, tenemos que parar.

—Lo sé. Estoy a punto de llevarte al cuarto del celador —Raoul se irguió y sacó un pañuelo del bolsillo, con el que se limpió el carmín de los labios.

Ella le quitó con el pulgar un pequeño resto que había quedado en la comisura de los labios y le tomó prestado el pañuelo con la intención de llevárselo al tocador de señoras.

Sin embargo, Raoul la agarró de la muñeca y la arrastró hacia la salida.

—¿Qué...?

—No me obligues a sacarte de aquí a rastras, Sin.

—Tengo la impresión de que ya lo has hecho —murmuró ella mientras Raoul hacía una señal hacia una limusina—. Esa no es la nuestra —observó.

—La nuestra irá a buscarnos cuando la necesitemos —le aseguró él mientras el coche les conducía hacia un lujoso hotel. Arrojó la tarjeta platino sobre el mostrador y en un tiempo récord estuvieron en la suite nupcial.

Sirena se preguntó qué estaba haciendo allí. Una cosa era dejarse llevar por la pasión y otra reservar una habitación y desnudarse deliberadamente.

—¿No estás segura? —Raoul se desabrochó la chaqueta del esmoquin y la arrojó sobre el respaldo de un sillón—. Me he hecho la vasectomía, por si es eso lo que te preocupa.

–¿Qué? –a Sirena se le cayó el bolso al suelo y, rápidamente se agachó–. ¿Cuándo?

–Más o menos una semana después de nuestra pelea. Tú me preguntaste si me había dado un tirón en la pierna y yo te contesté que más o menos.

–Deberías habérmelo contado –Sirena seguía incapaz de asimilarlo–. ¿Por qué lo hiciste? Lo nuestro fue puro azar. Otras mujeres...

–No pienso en tener sexo con otras mujeres, solo contigo.

A Sirena le fallaron las rodillas y tuvo dificultades para levantarse del suelo.

–También llevo preservativos –le mostró unos paquetitos cuadrados–, por si te preocupa algún contagio. Me he hecho pruebas y jamás he tenido sexo sin utilizar uno de estos, lo cual, por cierto, me pone bastante nervioso pues desconozco cuál será mi rendimiento sin uno, dado el tiempo que hace que no lo hemos hecho.

Sirena lo miraba boquiabierta. ¿No había estado con ninguna otra mujer?

–Somos buenos juntos, Sin –Raoul se acercó a ella–. Incluso sin dormitorio. Siempre lo fuimos.

–Porque yo hice lo que me ordenaron –consiguió responder ella.

Raoul le tomó la barbilla y la obligó a mirarlo a los ojos.

–No soporto a los idiotas, a lo psicópatas o a las mujeres que fingen ser desvalidas. Tú eres brillante y divertida, y muy competente. Siempre me han atraído esos rasgos, además de tu físico.

–Sigo teniendo la sensación de que puede suceder algo y que vuelvas a odiarme.

–¿Sabes lo que odio? –Raoul dio un respingo–. No tenerte en mi vida. Maldita sea, no llores. Tenemos mucho por lo que luchar, Sin.

–Lo sé –murmuró ella–, por no mencionar lo mucho que significaría para mí que Lucy no acabe con una madrastra como la mía. Pero ese no es mi único motivo. Llevo años loca por ti.

–Me gusta oír eso –murmuró él–. Oírlo, verlo, sentirlo...

De nuevo sus labios se fundieron con una pasión igualada solo por un cataclismo. Sirena se aferró a Raoul y se sintió arrastrada hacia la cama. Pero una vez tumbada allí, una extraña quietud pareció sobrecogerlo y todo se hizo más lento.

Raoul deslizó los dedos desde el desnudo hombro hasta la muñeca, llevándose la mano hasta los labios. Unos labios ardientes y húmedos presionaron la parte interior del brazo hasta el codo.

Sirena hundió compulsivamente los dedos en los cabellos de Raoul disfrutando la sensación.

La inmaculada camisa era un estorbo. Sirena necesitaba sentir el calor del masculino cuerpo.

–Quiero sentirte –se quejó arrugando la tela de fina seda.

Raoul la miró con un gesto parecido a la arrogancia, aunque sus movimientos eran urgentes.

«Necesita que se lo digan», pensó ella mientras intentaba ayudarlo a desabrochar los botones. Cuando al fin la prenda desapareció, le acarició los firmes músculos del torso, arañándolo ligeramente con las uñas desde el cuello hasta los abdominales.

–Estás muy caliente –susurró Sirena, «figurada y literalmente», pensó.

Podría haber ejercido como modelo de ropa interior masculina y esa sexualidad masculina tan pura le hizo sentirse debilitada. Sirena se alegró de estar tumbada, aunque una parte de ella oía alarmas por todas partes. Ya se había encontrado en esa situación una vez, satisfaciendo su curiosidad y su libido, y al día siguiente su vida se había venido abajo.

–Cada vez que te recoges el pelo siento ganas de soltártelo –susurró él con un sensual murmullo–. Me imagino un montón de cosas eróticas que me podrías hacer con este pelo.

Las palabras y los labios de Raoul la llevaron a un nuevo nivel de excitación, a punto de gritar cuando le empezó a mordisquear y chupar delicadamente el lóbulo de la oreja. Pero no se detuvo ahí. Los pequeños mordiscos en el cuello le hicieron gemir y arquear la espalda, ofreciéndose.

–¿Qué me estás haciendo? –preguntó con la voz entrecortada, aunque sin protestar cuando él le sujetó las muñecas por encima de la cabeza con una sola mano.

–Aún no te he quitado el vestido –susurró Raoul mientras bajaba la cremallera.

Sirena presenciaba la escena inmóvil, jadeando, deseando únicamente pertenecer a ese hombre.

–Eres como una diosa, una fantasía hecha realidad. Me vuelves loco y solo puedo pensar en tenerte –Raoul deslizó el vestido por el cuerpo de Sirena, dejando los pechos al descubierto.

–Raoul –ella intentó taparse con los brazos, aunque una parte de ella deseaba agradarle y, si la visión de sus pechos lo excitaba, deseaba ofrecérsela.

–Preciosos –él tomó los pechos con las manos ahuecadas y los cubrió de besos–. Perfectos.

Deslizó el vestido más abajo y ella levantó las caderas para facilitarle la labor. Estaba completamente desnuda, salvo por los zapatos y el tanga que no tapaba nada.

A pesar de haber sido depilada, exfoliada e hidratada por todo el cuerpo, contuvo la respiración, temerosa de que descubriera sus imperfecciones.

Pero Raoul emitió un sonido de satisfacción y deslizó un dedo sobre la fina tela que cubría el sensible núcleo. De repente, Sirena fue plenamente consciente de estar sobre una cama, calzada con zapatos de tacón, retorciéndose excitada delante de un hombre a medio desnudar.

–Raoul.

–Calla –le ordenó él.

Sujetándole la cadera con una mano la inmovilizó mientras que con la otra mano acarició la cicatriz de la cesárea. Era la marca de su maternidad, más pronunciada que las estrías.

–No lo hagas –Sirena se retorció en un intento de apartar la mano de Raoul de su cuerpo.

–¿Te duele?

La cicatriz estaba a la vez sensible y entumecida, pero, sobre todo, la caricia le había resultado excesivamente personal. Raoul se inclinó para besarla y ella dio un respingo, asombrada y conmovida, e invadida por una vergonzosa excitación.

Él continuó la lenta tortura, soplando suavemente sobre el centro del placer. Sirena contrajo los muslos, pero Raoul los separó, haciendo sitio para sus anchos hombros y agachándose para besarle el interior de las piernas.

–No tienes que...

–Mi dulce y ardiente Sin. Sí tengo que hacerlo.

Sirena cerró los ojos. Era la clase de intimidad ante la que nunca se había sentido capaz de relajarse, sabiendo que la estaba mirando. ¡Por Dios! Los músculos se volvieron a tensar cuando él hundió un dedo en las húmedas profundidades.

–Dime cuando estés lista.

Raoul la mordisqueó suavemente antes de sacar el dedo de su interior y llenarla de nuevo, en esa ocasión con dos dedos. La lengua continuaba con sus caricias y ella no pudo contener un gemido. Todo su ser estaba concentrado en ese cúmulo de sensación pura, el paraíso que se acercaba más con cada lánguida caricia, como si tuvieran todo el tiempo del mundo.

Aquello era una tortura, tan deliciosa que Sirena se sintió morir, perdiéndose, animándole con la inclinación de las caderas y suaves gemidos.

—¡No puedo más! —exclamó ella hundiendo los dedos en sus cabellos y tirando de ellos.

Raoul se arrodilló y la contempló, provocándole una instantánea sensación de pérdida, a pesar de haber sido ella quien había provocado ese momento.

Tironeando de los pantalones, se quedó desnudo y se acomodó sobre ella. Instintivamente, Sirena le abrazó la cintura con las piernas y lo empujó hacia abajo mientras él la besaba con pasión.

Raoul se irguió levemente para que ella pudiera tomar su miembro viril y conducirlo hacia la abertura, a su interior.

Y él se deslizó hacia el hogar con una deliciosa embestida. Durante unos segundos permaneció inmóvil, salvo por el latido del corazón que chocaba con fuerza contra las costillas.

Sirena sintió una inconmensurable dicha al saberlo dentro de ella, llenando el doloroso vacío que había pensado permanecería el resto de su vida.

Raoul se retiró levemente antes de volver a hundirse con fuerza, arrancándole una profunda sensación de felicidad.

La tensión fue en aumento. Ambos buscaban mayor intensidad, mayor contacto. No era solo ella, comprendió Sirena. Raoul también estaba perdido en el deseo, buscando la satisfacción como si su vida dependiera de ello. Y en efecto así era. Era lo que ella necesitaba, el salvaje deseo y dulce combate, el intento de aguantar, de prolongar la sensación, de no permitir que terminara nunca. De dar y tomar.

El clímax llegó, balanceándoles sobre la cima, la respiración entrecortada, basculándoles entre la angustia y la felicidad.

Y triunfó la euforia, lanzándoles al vacío. Raoul la aplastó, derrumbándose tras la última embestida, arrancándole fuertes contracciones. Sorda, muda y ciega, Sirena solo podía sentir. Había alcanzado el Edén.

Capítulo 11

RAOUL jamás había temido por su vida mientras tenía sexo, pero aquella noche se acercó bastante. Un buen rato después, el corazón le seguía latiendo como si fuera a estallar.

Sentado a los pies de la cama, se le ocurrió que debería acudir al cardiólogo. Pero esa no era la solución. La mujer que evitaba mirarlo a los ojos mientras se ponía de nuevo el vestido verde era el puñal que le atravesaba el pecho.

–¿Estás bien? –le preguntó.

–Por supuesto –contestó ella mientras se terminaba de vestir.

Ella había sido la que había escuchado el sonido del móvil que indicaba la recepción de un mensaje de su hermana, mientras que él había estado fuera de juego tras el orgasmo más fuerte de la historia. Las piernas se negaban a sujetarle y su libido aullaba «más».

Era una dependencia que le aterrorizaba, impulsándolo a huir, a dedicar unas horas a trabajar.

Y al mismo tiempo le inquietaba el hermetismo emocional de Sirena. Ella se había dejado llevar tanto como él, había sido increíble, pero en esos momentos destilaba una sutil tensión.

–No estoy preparado para compartirte –las palabras salieron de los labios de Raoul sin darse cuenta–. Quizás si nos quedamos aquí dentro una semana entera...

–Si estos pechos fueran desmontables –en el rostro

de Sirena apareció una dulce sonrisa– se los dejaría al chófer y ya volvería a recoger el resto de mí mañana.

–Ha sido increíble –parte de la presión abandonó el corazón de Raoul–. Gracias.

–A mí también me lo ha parecido –contestó ella en un susurro.

Sin embargo, el modo en que agachó tímidamente la cabeza hizo que todo resultara muy furtivo.

–Vamos a casarnos –afirmó él con rotundidad.

Sirena había estado luchando en silencio contra el temor a que el paraíso volviera a transformarse en un infierno, pero la arrogante aseveración de ese hombre le indicó que no iba a dejarla tirada con la misma rapidez con la que la había seducido. Aun así, no oyó ni una sola palabra de amor y eso tensó las cuerdas de su corazón hasta casi hacer que se rompieran.

–No me lo digas –contestó ella–, tengo dos opciones: contestar que sí ahora, o contestar que sí más tarde.

Raoul parpadeó sin revelar lo que estaba sucediendo en el interior de su cabeza.

–¿Quieres decir que no?

–No –Sirena jamás había pensado casarse con un hombre que no la amara, pero si Raoul no se imaginaba haciendo el amor con otra mujer, tampoco se imaginaría casándose con otra. Había bastantes puntos positivos para compensar las limitaciones, decidió.

–Entonces, asunto zanjado –concluyó él.

Sirena se mordió unos labios que no dejaban de temblar.

Llegaron al ático donde les esperaba Ali que casi saltó al verlos entrar.

–¿Y bien? –preguntó la joven.

–¿Y bien, qué? –Sirena siguió con la mirada a Raoul que se dirigía al bar.

–Eres desesperante. Raoul ¿te declaraste o no?

Raoul se detuvo con el vaso a medio camino de los labios y miró a Sirena.

–Hemos decidido casarnos, sí –contestó ella con la menor emoción de que fue capaz.

–¡Te lo dije! Un hombre no se toma tantas molestias si no guarda un anillo en el bolsillo. Veámoslo –Ali palmoteó encantada.

–Yo...

A su derecha, Sirena oyó un vaso golpear con rotundidad la barra, pero se negó a mirar.

–Cariño, tenemos un bebé –le explicó a su hermana–. Casarnos es una formalidad. No necesito un anillo de compromiso para unos pocos días antes de obtener la licencia y firmar los papeles.

–¿No vais a celebrar una boda de verdad? Pero si siempre soñaste con el vestido de novia, una bonita tarta y papá llevándote del brazo por el pasillo de la iglesia.

–Era una cría –Sirena se apresuró a aplacar a su hermana–. Papá y Faye han dejado bien claro que no quieren viajar y Raoul ha perdido demasiado tiempo con la llegada prematura de Lucy. Ha sido un encanto al organizar tu visita –hizo una pausa para que Raoul comprendiera que lo decía en serio–, pero no puede permitirse más interrupciones en su trabajo.

Ali no estaba dispuesta a abandonar, era su naturaleza. A pesar de sus diecinueve años, en muchos aspectos seguía siendo una niña. Pero Sirena había vivido lo suficiente para comprender que había que dejar atrás los sueños de juventud y ser más realista.

Era la última noche de Ali, de modo que Sirena acostó a Lucy, se desmaquilló y se reunió con ella en la terraza para tomar un té bajo las estrellas mientras le contaba los detalles, aunque omitió algunas cosas sucedidas con Raoul. Ali jamás lo entendería. Ninguna reluciente piedra o bonito vestido significaría para ella tanto como el modo en que la había abrazado.

Ya era muy tarde cuando se desearon buenas noches y se marcharon a la cama.

Sirena encontró la suya ocupada.

Raoul dejó a un lado la Tablet al verla entrar. Las lámparas emitían una luz dorada sobre el torso desnudo, poniendo de relieve los musculosos hombros y abdomen. Sirena no lograba descifrar todo lo que reflejaba la austera expresión, pero no había duda de la intención en la posesiva mirada que se deslizó de pies a cabeza.

–No sabía que me estuvieras esperando –Sirena fingió indiferencia.

–Intentaba solucionar lo de Milán –Raoul frunció el ceño–. Echaré un vistazo a mi agenda para ver cuándo podremos viajar a Australia. ¿Quieres aplazar la boda hasta entonces?

–No –le aseguró ella con firmeza mientras corría al cuarto de baño para cepillarse los dientes con la esperanza de que interpretara el gesto como el fin de la conversación.

Sin embargo, al regresar al dormitorio, él continuó como si tal cosa.

–He llamado a un joyero para que venga a mostrarnos algunos anillos de compromiso.

–No pienso ponerme uno –las palabras surgieron con excesiva rotundidad.

La boda con la que siempre había soñado era una celebración de amor, y su relación con Raoul no era una unión entre almas gemelas. Cierto que lo amaba y que él se había tomado muchas molestias para demostrarle que sentía algo más que lujuria, pero pasar por todo el ceremonial sería mentir. Era absolutamente esencial mantener la mayor honestidad posible.

–¿Y tienes intención de llevar alianza? –preguntó Raoul malhumorado.

A Sirena le sorprendió lo indefensa y a la vez maravillosamente bien que le hacía sentir la idea de llevar alianza. Una alianza simbolizaba el compromiso para toda una vida.

–Por supuesto –contestó emocionada.

–¿Y por qué no llevar anillo de compromiso? –insistió él.

–Una joya con piedras no es lo más práctico con un bebé –Sirena se abrazó a sí misma–. Además, no tengo especial interés en ser una novia, solo en que seamos una familia.

Raoul sujetó la sábana e hizo un gesto para que Sirena se metiera en la cama. Incapaz de relajarse a pesar de la intimidad que habían compartido hacía unas horas, Sirena dudó. Raoul estaba desnudo y, a pesar de lo agotada que estaba, se moría por volver a sentirlo.

–¿En serio? –él sonrió divertido y se giró para apagar la luz.

–No te rías –protestó ella antes de quitarse la bata, amparada por la oscuridad.

–Tengo mejores cosas que hacer que reír, Sin –Raoul la atrajo hacia sí.

La boda tuvo lugar en Las Vegas, camino de vuelta a Nueva York. Sirena lo organizó todo por internet. A pesar de lo superficial de la ceremonia, estar casada le resultaba sorprendentemente natural y cuando la madre de Raoul le ofreció compartir la habitación con su hijo, no lo dudó.

Enseguida recuperaron las viejas costumbres. A los pocos días de regresar a Londres, Raoul la convenció para que renunciara a su trabajo de transcripción y volviera a hacerse cargo de su agenda. El puesto iba acompañado de un sueldo similar al que había tenido antes de ser despedida, lo cual resultaba más que conveniente ya que el piso se pagaba con lo que obtenía por el alquiler y no tenía otros gastos. Aun así le fastidiaba aceptar su dinero pues lo mejor sería no depender económicamente de él.

–Y búscame una ayudante personal decente ¿lo harás? –añadió mientras terminaban de desayunar una mañana tras su regreso.

–Quizás en la agencia de niñeras tengan una oferta especial dos por uno –murmuró ella.

–¿Te crees muy graciosa? –preguntó él, arrancándole una sonrisa.

–Acabas de pasarme una lista en la que figura reservar hora para jugar un partido de squash y comprar un regalo de cumpleaños para tu madre. Si incluyes cambiar pañales, soy la que buscas.

–¿Era esta la clase de cosas que solías decir para tus adentros cuando tenías miedo de que te despidiera si las decías en voz alta?

–Solo estaba bromeando, Raoul.

–¿En serio?

–Sí –Sirena lo conocía lo bastante bien como para saber cuándo hablaba en serio.

–Porque hubo un tiempo en que pensé ofrecerte un puesto ejecutivo. Si quieres desarrollar tu carrera, puedes trabajar para mí. No será nepotismo. También puedes buscar otro trabajo. Tendríamos que ajustar nuestras agendas –añadió tras una pausa–, pero podemos intentarlo.

–Me gusta trabajar contigo –Sirena se sonrojó al figurarse los motivos por los que no había sido ascendida–. Me hace sentirme necesaria. ¿Tan malo es eso?

–Eres necesaria –Raoul asintió en dirección al bebé–. Ambos te necesitamos. He comprendido lo mucho que perdí cuando te marchaste y aprecio todo lo que haces por mí ahora.

–Gracias.

–Además, ya deberías saber que mis fantasías versan más sobre secretarias sexys que sobre niñeras traviesas –Raoul se inclinó para besarla con dulzura.

Estaba tan enamorada que se le olvidaba que él no sentía lo mismo.

Trabajando para él se había convertido en uno de los muchos satélites de su órbita, pero en esos momentos formaba parte de su mundo de un modo que jamás habría imaginado posible. Raoul no intentó aparcarla en un rincón de su ocupada vida. Le destinó, a ella y a Lucy, un lugar prioritario. Cuando el trabajo le obligaba a viajar, se esforzaba por incluirla.

La fiesta de aquella noche no era una entrega de premios o un agasajo a unos nuevos clientes.

Sirena se puso tensa al ser recibidos por Paolo Donatelli, un banquero internacional, y su esposa, Lauren, en su lujoso ático de Milán.

–¡Enhorabuena a los dos! Menuda sorpresa –Lauren besó a Sirena–. Incluso para Paolo.

–No me entendiste bien, *bella* –Paolo imitó el saludo de su esposa–. Lo que dije fue que si había algo entre estos dos, no lo sabríamos jamás a no ser que Raoul quisiera que se supiera. Es el hombre más discreto que he conocido jamás.

Sirena se ruborizó y la garganta se le secó ante la evidente curiosidad de la pareja.

–A nosotros también nos sorprendió –intervino Raoul abrazando a su esposa y mirándola a los ojos–, y te recuerdo que me pagas por ser discreto, Paolo.

–Cierto –asintió el italiano–. Y a propósito...

Los dos hombres se dirigieron al despacho de Paolo mientras Lauren conducía a Sirena junto al resto de los invitados.

–¿Te hemos hecho sentir incómoda? –la mujer agarró a Sirena del brazo–. Lo siento. No siempre me siento a gusto con las esposas de los socios de mi marido, pero tú siempre has sido muy amable. Me alegra saber que voy a verte más a menudo.

–Te tomo la palabra –Sirena se relajó ante el genuino ofrecimiento de amistad–. Me muero por ir de compras contigo. Siempre vas impecablemente vestida y aquí me tienes en Milán sin hablar una palabra de italiano.

–¡Me encantaría! –Lauren abrió los ojos desmesuradamente.

Los días con Raoul eran ajetreados y las noches increíbles. Poco a poco los puentes tendidos entre ellos se hacían más y más sólidos.

Y una tarde entró en el despacho de Londres, simplemente porque lo echaba de menos.

–Hola –saludó.

–Qué placer tan inesperado –él sonrió.

–He llevado a Lucy a hacerse unas fotos esta mañana y te traigo las pruebas. Podría haber esperado, pero dado que estábamos tan cerca –se acercó al escritorio con un pendrive en la mano–. Y quería ver qué cara ponías al verlas en lugar de... ¡eh!

Sin saber cómo, Sirena se encontró sentada en el regazo de su esposo, lo cual no debía sorprenderla pues la miraba como si sintiera ganas de devorarla.

–¿Dónde está Lucy? –Raoul le soltó el moño.

–Observando cómo la niñera coquetea con tu nuevo secretario, sin comprender que se está arrimando al árbol equivocado –Sirena sonrió y comenzó a desatar la corbata de Raoul.

–¿Lucy o la niñera? –Raoul bajó la cremallera de las botas de Sirena y deslizó una mano dentro.

Ella gimió y, acomodada sobre su regazo, sintió crecer la erección contra el muslo.

–¿Has echado el cerrojo a la puerta? –Raoul tenía la mano bajo la falda y se dirigía a la intersección de los muslos.

–¿Una chica tan detallista como yo? ¿Tú qué crees?

–Creo que voy a perderme el resto del día –Raoul inclinó la cabeza para besarla en el momento en que el teléfono sonó–. Solo mi madre y tú tenéis este número –rugió lleno de frustración.

–Quizás sea yo, suponiendo que lo que se me está clavando en la cadera sea el móvil...

–Qué sabelotodo –Raoul rio y pulsó el botón del altavoz–. ¿Madre?

–Sí, soy yo.

–Qué buen momento para llamar, Sirena está aquí.

Intercambiaron saludos de cortesía antes de que su madre abordara el motivo de la llamada: una pulsera perdida.

–Sé que es una tontería preguntarte si te acuerdas de dónde la dejé, pero he revuelto toda la casa y no hay rastro de ella.

Raoul taladró a Sirena con la mirada. Solo duró un instante, pero ella lo percibió como una puñalada entre las costillas. ¿Otra vez?

–Recuerdo habértela visto puesta durante la cena –Raoul recuperó rápidamente la compostura.

–¿Sirena? –preguntó Beatrisa.

La oscuridad en la que había vivido durante meses tras ser acusada de robo se cernía nuevamente sobre ella, como unos negros nubarrones sobre el horizonte.

–Lo mismo digo –contestó ella nerviosa al recordar cómo Beatrisa le había contado emocionada que se la había regalado su hijo al cumplir sesenta años.

Iba a repetirse todo de nuevo, pero en esa ocasión dolería mucho más.

Raoul era consciente de la tensión que dominaba a su esposa y se apresuró a despedirse de su madre. Sirena había intentado varias veces levantarse, pero él la había sujetado con firmeza.

–Suéltame –le ordenó ella con voz gélida.

–No he sospechado de ti –rugió él. Quizás había dudado un segundo, pero ¿quién no lo hubiera hecho?

–Quítame las manos de encima –insistió Sirena clavando el codo en el pecho de Raoul.

Raoul la soltó, furioso por el enfado de su esposa. No la ayudó a levantarse, limitándose a protegerse los genitales mientras ella saltaba al suelo y se calzaba de nuevo. El rostro enrojecido y los cabellos sueltos y revueltos, recuperó el bolso, dispuesta a marcharse sin decir palabra.

–No te irás así sin más –Raoul se levantó de un salto y la alcanzó en la puerta.

–¿Y qué esperas, que me quede aquí para oír cómo me acusas de vender mi cuerpo de nuevo?

Las palabras de Sirena tuvieron el efecto de un fuerte golpe en el estómago. Era muy consciente de lo apasionada que era su esposa, pero la desinhibición que mostraba hacia él era el resultado de semanas trabajando en su relación, dentro y fuera de la cama. Todavía se ruborizaba por las mañanas, señal evidente de que la intimidad física seguía resultándole extraña. Esa mujer no era capaz de utilizar el sexo para cualquier otro fin que no fuera la felicidad y el placer de ambos.

–No –espetó, avergonzado por haberla acusado de algo así tiempo atrás.

Era consciente del daño que había provocado esa acusación en la confianza de Sirena hacia él. Sacarla de nuevo a la luz no haría más que distanciarlos de nuevo.

–Espero poder hablar de ello como adultos. No que te marches con una rabieta.

–¿De modo que soy yo la que no se está comportando como es debido? Tu primer pensamiento fue que había vuelto a robarte. Supe que no confiabas en mí cuando me abriste una cuenta, sin darme acceso a las tuyas, pero esa mirada, acusarme tan descaradamente...

–Maldita sea, ya lo hiciste una vez.

–Una sola vez –gritó ella–. Una sola vez en la que pensé que podía servirme de los recursos de otra persona en lugar de intentar hacerlo todo yo sola. Me equivoqué, pero solo fue una vez. ¿Te he quitado algo desde entonces? Ni siquiera unas monedas para pañales. ¿Te has quedado a gusto? ¿Justifica el modo en que reprimes tus sentimientos y no confías en mí? Sabía que sería un error volverme a liar contigo.

Sirena se dio la vuelta y no pudo ver la expresión de horror en el rostro de Raoul. Consciente de que en el fondo era cierto que había esperado alguna señal que confirmara sus sospechas iniciales, ni siquiera encontró palabras para defenderse. Esa mujer empezaba a significar mucho para él, demasiado. Cuanto más te importaba una persona, más arriesgabas y él se sentía cada vez más desprotegido. Y eso era algo que no le gustaba.

Pero oír de labios de su esposa que su relación era un error había sido un golpe brutal. Odiaba saber que si permanecía en el despacho era solo porque él le impedía abrir la puerta.

–Escucha, lo de la cuenta que te abrí...

–No quiero oírlo, de verdad que no. ¿Me dejas llevarme a Lucy a casa? Necesita su siesta.

–Iré a casa contigo –Raoul regresó al escritorio para recoger el portátil, momento que Sirena aprovechó para abrir la puerta y salir del despacho.

Una llamada urgente retuvo a Raoul y Sirena regresó

finalmente sola a su casa. Cuando al fin consiguió sortear el atasco y regresar él mismo a su casa, Raoul comprobó aliviado que ella seguía allí, pálida y nerviosa. Madre e hija estaban fuera de sí. Raoul empezaba a pensar que Lucy tenía una sensibilidad especial, pues era evidente que el estado alterado de su madre la había alterado a ella también.

A pesar de la urgente necesidad que sentía de aclarar las cosas con su esposa, optó por intentar calmar a su hija y le sugirió a Sirena que se diera un baño. Para cuando se sentaron a cenar ya era tarde.

–Sin...

–No quiero hablar de ello.

–Volví a llamar a mi madre –Raoul hizo caso omiso de la evidente hostilidad–. La asistenta está segura de haber visto la pulsera sobre la cómoda después de que nos hubiésemos marchado. Seguramente se habrá caído detrás de un mueble.

–O sea que no es que me creas a mí, crees a la asistenta.

–Apenas te pones las joyas que te regalo –él hizo acopio de toda la paciencia de que fue capaz–, y casi no te gastas el dinero de la cuenta que te he abierto. No tengo motivo para pensar que puedas necesitar o desear esa pulsera.

Sirena revolvió la comida en el plato sin decir palabra.

–Para mí lo sucedido ha quedado atrás. Hoy he metido la pata, nada más.

–De acuerdo.

Sirena contestó en el tono que las mujeres utilizaban para decir «y una mierda», pero Raoul aceptó su palabra, decidido a recuperar el agradable ambiente que habían estado disfrutando. Al acostarse, la buscó como hacía cada noche.

Pero ella no se derritió contra su cuerpo como era su costumbre.

La deseaba desesperadamente y sentía la urgente necesidad de reestablecer la conexión rota entre ellos por medio de la unión física que le generaba una clase de placer y sentido de corrección que ni siquiera era capaz de expresar con palabras. Pero, si bien no lo había rechazado, tampoco se abrió a sus besos y caricias como solía hacer.

Sintiendo cada vez mayor urgencia, suavizó las caricias en un intento de hacerle comprender que nada había cambiado. Conocía todos sus puntos sensibles y los estimuló suavemente.

Sirena gimió y hundió los dedos en los cabellos de Raoul que suspiró aliviado, aunque no dejó de acariciarla, para que supiera lo mucho que valoraba su unión. Era la única manera que conocía de expresar sus sentimientos. Unos sentimientos tan profundos e inquietantes que no se atrevía a verbalizarlos. Estaba seguro de que ella lo sentía y comprendía.

Sirena deslizó una mano por el hombro de Raoul que le besó la parte interna del brazo. Tenía una muñeca dulce y femenina en la que latía frenético el pulso y los dedos temblaban ante el contacto con su boca. Lentamente besó, chupó y mordisqueó cada uno de esos dedos.

Ella arqueó la espalda, la señal que bastaba para que Raoul perdiera el control. Sin embargo, estaba decidido a disfrutar cada centímetro de ella antes de permitir que Sirena disfrutara de él. Tumbándola boca abajo, le sujetó las piernas con las suyas y le acarició todo el cuerpo. Tenía la piel suave y desprendía un aroma a cítricos. Raoul le besó toda la columna hasta llegar al trasero mientras ella jadeaba y gemía su nombre.

Apartándole los cabellos de la nuca, se acomodó sobre ella para que pudiera notar lo excitado que estaba. El corazón le latía con fuerza contra su espalda, como un pistón que intentara atravesarla. Deslizando una mano bajo su cuerpo, tomó un pecho y se agachó más sobre ella.

–No logro saciarme de ti –admitió él en un ardiente susurro–. No hago otra cosa que pensar en esto, en darte placer, en sentir cómo te derrites para mí.

Raoul se incorporó y giró a Sirena para verla de frente.

Ella temblaba de excitación y separó las piernas, aunque él se limitó a besarla desde el pecho hasta el ombligo.

–Raoul, me estoy muriendo –gimió mientras tiraba de él.

El control de Raoul pendía de un hilo, pero se tomó su tiempo para acomodarse sobre ella. Introducirse en su interior fue como sumergirse en el paraíso y saboreó cada latido mientras intentaba controlar el estallido. Entrelazó las manos con las suyas y las sujetó permitiéndole sentirlo mientras la poseía por completo.

–Siempre seré considerado contigo –le aseguró él profundamente consciente del efecto que ejercía sobre ella, del temblor de los muslos que le abrazaban la cintura, de la respiración entrecortada–. Esto es demasiado importante para mí.

Raoul cubrió los temblorosos labios con los suyos deseando aplastarla con toda su pasión, pero venerándola y haciendo todo lo posible para transmitirle que era pura dulzura y felicidad para él.

Sin embargo, no era ningún superhombre. La conexión que le resultaba tan vital era también su sustento y debía alimentarla. La embestida lanzó una oleada de intenso placer por su espalda, haciendo casi insoportable la necesidad de hundirse en su interior.

La lucha fue larga, lenta y profunda. Imposible rendirse e imposible prolongarla. Cuando el grito del éxtasis ascendió por la garganta de Sirena, cuando el clímax estuvo a tan solo un latido, Raoul se dejó ir mientras su esposa se abrazaba a él con fuerza.

Capítulo 12

RAOUL se hizo el nudo de la corbata mientras en el espejo veía el reflejo de Sirena.

La noche había sido intensa. Incluso después de haber llevado a Lucy a su madre para una toma dos horas antes, y tras devolverla a la cuna pensando que iban a poder dormir unas horas, Sirena lo había buscado de nuevo. El último orgasmo casi les había llevado a la muerte.

Al fin se habían dormido, pero Raoul se había despertado, como era su costumbre, a las seis.

No le gustaba la idea de marcharse a trabajar sin despedirse de ella, pero Sirena necesitaba dormir y no podía despertarla. Se puso la chaqueta y se acercó a la cama.

Sirena tenía el rostro contraído en un gesto agónico y sacudía las piernas con fuerza. Asustado, Raoul la agarró por los hombros.

—¡Sin!

—¡Noooo! —gritó ella soltando un manotazo con tal fuerza que le golpeó en la boca.

—¿Qué demonios? —Raoul se llevó una mano al labio, temiendo que estuviera partido.

—¿Te he dado? —Sirena posó una mirada horrorizada sobre su esposo—. ¡Dios mío, lo siento! —en los pálidos labios se seguía adivinando el terror.

—Has sufrido una pesadilla. ¿De qué era?

—¿Qué hora es? —en los ojos de Sirena apareció el reflejo del recuerdo, pero rápidamente lo ocultó—. No me había dado cuenta de lo tarde que era. ¿Ha sonado el despertador?

–¿Sin? –Raoul le retiró los cabellos de la sudorosa frente–. Cuéntamelo.

–No quiero recordarlo. ¿Podrías echarle un vistazo a Lucy mientras me doy una ducha rápida?

–Deberías dormir más.

–No me atrevo, por si vuelvo a soñar lo mismo.

A pesar de la pasión que permanecía intensa entre ellos, Sirena no podía quitarse de encima la sensación de que el hacha estaba a punto de caer sobre su cabeza. De día desechaba sus preocupaciones diciéndose que debía confiar en que su esposo realmente había dejado de sospechar de ella, pero de noche el subconsciente la torturaba sin cesar. Raoul la despertaba de horribles pesadillas al menos una vez cada noche. Unas pesadillas en las que él le arrancaba a Lucy de los brazos condenándola al más puro abandono. En otras ocasiones se encontraba en la cárcel o ante la puerta de Raoul, empapada por la lluvia y con los dedos agarrotados del frío.

Raoul se mostraba considerado y afectuoso y luego le hacía el amor con tanta dulzura que ella pensaba que iría a morir, pero en cuanto cerraba los ojos volvía a estar sola.

–No sé qué más puedo decir –espetó él una semana más tarde tras una tensa cena.

Estaban en París, la ciudad de los amantes, tomando café. La niñera tenía la noche libre y la asistenta había recogido los platos antes de marcharse a su casa.

–Dime que ha aparecido la pulsera –Sirena se encogió de hombros con melancolía.

La única respuesta fue un tenso silencio. Al final le había contado a Raoul la naturaleza de sus pesadillas, pero no la había ayudado a superarlas. La falta de respuesta fue como una acusación.

—No me gusta estar así —observó ella a la defensiva.

Del fondo de su bolso surgió el sonido del móvil y se levantó para buscarlo.

—Podrías intentar confiar en mí. De eso se trata.

—Y confío en ti —insistió Sirena, aunque su corazón se encogió como si supiera que mentía.

No podía evitarlo. Si Raoul la amara, a lo mejor acabaría por conseguir superar la sensación de que estaba a punto de rechazarla. Pero lo único que sentía por ella era pasión, lujuria.

—Ni siquiera eres capaz de hablar de ello sin aprovechar la primera excusa para irte —señaló él.

—¿Y qué quieres que diga? —Sirena dejó caer el bolso sobre el sofá y se cruzó de brazos—. ¿Debo ignorar el hecho de que no hay más sospechosos? ¿Sufre tu madre pérdidas de memoria? Ninguna, que yo me haya dado cuenta. ¿Podría ser la asistenta? ¿Esa mujer que lleva diez años trabajando para ella? ¡Ah, sí! Ya sé quién es. Es Miranda que recibe una asignación millonaria.

Un destello asomó a los ojos de Raoul, pero Sirena ni siquiera intentó interpretarlo, demasiado ocupada haciendo frente a las evidencias que había contra ella.

—Porque no creo que ningún ladrón entrara en una casa equipada con lo último en tecnología para robar una sola pulsera. A no ser que te la llevaras tú, la única otra persona soy yo —se apuntó al pecho—. Estoy dispuesta a confesar solo por terminar ya con el procedimiento judicial.

—¿Hablas de divorcio? —el ambiente se había vuelto gélido—. ¿A ese procedimiento judicial te refieres?

Sirena hundió las uñas en sus brazos. No se refería a eso, pero si se le había ocurrido tan rápidamente significaba que debía estar considerándolo él mismo. El dolor que la invadió ni siquiera tenía nombre, demasiado mortífero y absorbente.

–¿Estoy en lo cierto? –masculló Raoul entre dientes, ignorando el teléfono que volvía a sonar.

–¿Cómo vas a reaccionar cuando la pulsera no aparezca? –preguntó ella con la voz ahogada.

Cuando Sirena al fin se atrevió a mirarlo, Raoul estaba tan cerrado en sí mismo que no era posible llegar a él. Su protector, su apoyo y compañero se había marchado dejando a un salvaje.

El corazón de Sirena se retiró a un rincón helado y se partió en dos.

El teléfono de Raoul dejó de sonar, pero la Tablet de Sirena empezó a vibrar.

–¡Dios mío! –gritó ella–. ¿Ali? –susurró al ver en la pantalla el rostro lloroso de su hermana.

–Es papá. Ha sufrido un infarto. Mamá va con él en la ambulancia. Voy hacia el hospital.

Sirena no fue consciente de perder el equilibrio, solo de que unos fuertes brazos la sujetaron y la sentaron en el sofá. Raoul también agarró la Tablet que se deslizó de sus dedos.

–Sirena estará allí en cuanto pueda organizarlo todo –intervino con voz ronca dando por finalizada la llamada. Intentó tomar las manos de su esposa, pero ella rechazó el contacto.

–Tengo que hacer la maleta –anunció poniéndose de pie de un salto.

–Estás en estado de shock.

–Necesito hacer algo.

–De acuerdo. Reservaré el vuelo –Raoul se pasó una mano por el rostro. Su expresión era extrañamente horrorizada. Quizás estuviera recordando la pérdida de su propio padre.

Sin demorarse un instante, Sirena se dispuso a contar

los pañales que iba a necesitar Lucy mientras calculaba el tiempo que le llevaría recorrer medio mundo. ¿Llegaría a tiempo?

Volver a llamar a la niñera no tenía sentido. Sirena necesitaba a Raoul, a pesar de sus disputas era un pilar en el que apoyarse. Con enorme diligencia reservó un vuelo privado, las metió en una limusina y ajustó el cinturón de seguridad de Lucy en el asiento del avión.

–Mándame un mensaje para que sepa que habéis llegado bien –le pidió por último.

–¿No vienes con nosotras? –preguntó ella presa de la angustia.

–No puedo. Tengo que hacer una cosa.

Divorcio. La horrible palabra regresó a su mente. Sin duda era la tan temida expulsión de su vida. Del fondo de su garganta surgió una oleada de bilis. Al menos le quedaba Lucy.

Sin decir una palabra, apoyó una mano sobre el cuerpecito de su hija y miró al frente. Después de años buscando dolorosamente el perdón, ya no le importaba lo que pensara de ella. Necesitaba tenerlo a su lado, pero él se había limitado a marcharse.

Y minutos después el avión despegaba.

Veinticuatro horas más tarde, la única buena noticia era que su padre estaba mejorando.

Su hija, sin embargo, estallaba en llanto en cuanto no la tenía en brazos. Y por si la incomodidad de volver a encontrarse con Faye sin que estuviera su padre para aplacar el ambiente, no fuera suficiente, su hermana insistió en regresar a la facultad, en la otra punta de Sídney, para estar con su novio, de cuya existencia su madre no sabía nada.

–Así podrás utilizar mi cama –insistió Ali delante de

su madre, colocando a Sirena en una situación comprometida. Era su manera de ayudar, ignorante del trasfondo.

Sirena se estaba esforzando por no mostrarse grosera, pero un comentario de su madrastra bastó para devolverla a su infancia llena de críticas.

—Esta niña ya podría sentarse sola si no estuviera tan gorda.

Sirena respondió que era evidente que Lucy había heredado el tipo de su madre, algo que para muchos no tenía nada de malo. «Pregúntale a mi marido».

Sintió un profundo ardor en el pecho mientras se preguntaba durante cuánto tiempo iba a poder seguir refiriéndose a él de ese modo.

Raoul la sorprendió llamando al Smartphone.

Consciente de que su madrastra estaba escuchando, Sirena lamentó haber cancelado la línea Wi-Fi que con tanto sacrificio había pagado mes a mes para poder hablar con su hermana y su padre siempre que quisiera. «Ali se ha marchado a la universidad ¿para qué la necesitamos?».

La pantalla del móvil era un pobre sustituto de la Tablet y la llamada iba a costar una fortuna. Raoul captó enseguida el ceño fruncido y la miró con severidad. Su relación se iba a pique.

Estaba en su despacho de Nueva York y al fondo se divisaba el cielo gris. En un tenso murmullo apenas audible, Sirena le informó del estado de su padre.

Se sentía abrumada por las emociones y no sabía qué decir, consciente de los oídos curiosos y críticas que la acechaban.

—¿Te quedarás allí hasta que le den el alta? —más que una pregunta fue una suposición.

—Sí, yo... —el ambiente se volvió gélido a medida que Faye comprendía que iba a tener que soportar a unos invitados indeseados durante un tiempo ilimitado–. Tengo muchas cosas en las que pensar. Te llamaré en cuanto sepa lo que voy a hacer.

–De acuerdo –Raoul resultaba casi tan amistoso como Faye.

Colgando la llamada, Sirena se esforzó al máximo por no dejar traslucir la miseria y sensación de fracaso que sentía. Apenas durmió, pero cuando despertó tenía las ideas más claras.

Ya no era la hijastra indeseada. Quizás su matrimonio fuera un desastre, pero seguía siendo una mujer con recursos y habilidades. Tras visitar a su padre en el hospital y fotografiarle con su nieta en brazos, llamó a un agente de la propiedad.

Empezaría de nuevo en un lugar que no le recordara a Raoul. Una hora más tarde estaba visitando un edificio remodelado.

–¿Estará disponible de inmediato? –preguntó ella, agradecida por las ventajas que le proporcionaba el apellido de su esposo.

–En cuanto esté aprobado el crédito, con suerte esta misma tarde –le informó el agente.

El dinero sería un problema. Dudaba mucho que Raoul siguiera pagándole la pensión si estaban separados, pero no había mencionado al agente que su matrimonio estaba a punto de romperse. Como aval ofreció su piso de Londres, que estaba exclusivamente a su nombre. Tendría que volver a las transcripciones hasta encontrar un trabajo decente, pero Raoul había asegurado que tenía madera de ejecutivo. No iba a ser un camino de rosas, pero vivir con Faye y con su padre no era ninguna opción, como no lo era tampoco regresar con su esposo.

Necesitaba disponer de su propio espacio. El corazón se le estaba partiendo en pedazos. Siempre había sabido que no duraría mucho, pero necesitaba un tiempo a solas para hacerse a la idea.

Tras la primera noche en su apartamento nuevo, Sirena y Lucy se levantaron temprano y fueron de visita al hospital. De camino a su casa hizo la compra y luego invitó a Faye a visitar la casa nueva. Se había inventado una historia según la cual Raoul quería que tuvieran un apartamento para sus visitas a Australia. Aún no se sentía capaz de anunciar el inminente divorcio. Faye llegó acompañada de muestras de pintura y un montón de ideas para decoración.

—Está recién pintado —protestó Sirena.

—Este tono rojo oscuro es demasiado fuerte para un bebé. Mira este cáscara de huevo. La ayudará a estar más tranquila. Contrata a los pintores para que vengan cuando hayas regresado a Londres. Estará todo terminado para vuestra siguiente visita.

Lo malo era que no iba a regresar a Londres.

Una llamada a la puerta liberó a Sirena de tener que dar explicaciones. Esperaba al conserje para terminar de tratar algunos asuntos. Aprovecharía la excusa para que Faye se marchara.

—¡Oh! —el corazón se le paralizó en el pecho al ver a Raoul.

Su esposo la miraba con los ojos entornados y expresión malhumorada. La mirada, no obstante, se deslizó por todo su cuerpo.

—No te esperaba —lo saludó ella.

—¿En serio? —Raoul se abrió paso al pequeño apartamento, repasando las paredes desnudas, el mobiliario pasado de moda, y a una mujer que intentaba meter un chupete en la boca de su hija.

Faye se detuvo en su acción, como solía hacer la gente al verse confrontada con la autoritaria presencia de ese hombre.

–¿Cómo está mi gatita? –asintió hacia la mujer antes de posar una mano sobre la barriguita del bebé.

Lucy pataleó contenta riendo con su boca desdentada al reconocer a su padre.

–Yo también te he echado de menos –continuó él mientras echaba otra ojeada a su alrededor.

A Sirena no le pasó desapercibido que no había habido ternura ni apodo cariñoso para ella.

–Tú debes ser el padre –saludó altivamente Faye.

–Es mi marido, sí –se apresuró a aclarar Sirena–. Raoul, te presento a mi madrastra, Faye.

–Encantado de conocerte –saludó él–. ¿Te importaría cuidar de Lucy mientras Sirena y yo hablamos en privado?

Un nudo se formó en el estómago de Sirena. Casi oía la voz de Faye. «Te he dicho que a los hombres les gusta tomar esta clase de decisiones». Sin embargo, la opinión de Faye era el menor de sus problemas. En el fondo sabía que Raoul jamás le entregaría a Lucy sin más.

–No puedo sacarla de paseo con este calor –Faye empezó a protestar, pero Raoul la silenció agitando una mano en el aire.

–Estaremos arriba –su tono era tan autoritario que ni siquiera Faye se atrevió a discutir.

Sirena lo acompañó hasta el ascensor y observó nerviosamente cómo pulsaba el botón del ático.

–No comprendo...

–Tu agente llamó para liquidar tus finanzas y cinco minutos después estaba intentando venderme el ático. Me pareció la manera más sencilla de acceder al edificio en caso de que me negaras la entrada, de modo que le pedí los códigos y le prometí echar un vistazo al apartamento.

–¿Cómo no iba a dejarte entrar? –a Sirena le flaquearon las rodillas–. Nuestra relación es amistosa.

–¿En serio? –preguntó él en tono sarcástico.

Tras marcar un código en el panel de seguridad, entraron en el ático a medio renovar.

–No puedo vivir con Faye –balbuceó Sirena–. He intentado explicarte que ella y yo...

–Lo comprendo –contestó él con severidad–, pero podrías haberte instalado en un hotel.

–Eso habría resultado muy caro –ella desvió la mirada.

–Y no estabas dispuesta a pedirme que corriera con los gastos ¿a que no?

Sirena sintió que se le cerraba la garganta y no se atrevió a mirarlo a la cara.

–Además sería demasiado temporal –insistió él en un tono gélido–. Porque tu idea era quedarte aquí, no regresar conmigo.

–Comprendo que parezca que he elegido el lugar más alejado de Londres, pero aquí es donde está mi familia, Raoul –necesitaba algo, necesitaba a alguien, un lugar que no significara nada para ellos.

–Lo comprendo –Raoul soltó una carcajada–. Puedes huir tan lejos de Londres como quieras. Yo te seguiré. Si insistes en vivir en el apartamento que acabas de comprar, yo viviré aquí.

Sirena parpadeó perpleja. «Yo te seguiré». En realidad a quien seguía era a Lucy.

Debería sentirse aliviada porque no hubiera llegado con un montón de amenazas sobre quitarle a la niña, pero solo podía pensar en lo celosa que estaba de la habilidad de su hija para conseguir el amor eterno e incondicional de ese hombre.

Quizás ella sí fuera lo bastante egoísta como para separar al bebé de su padre, pero él era incapaz de separar a una madre de su hija.

Sirena se frotó el entrecejo mientras él caminaba por

el vacío apartamento, sus pisadas sonando huecas y vacías, igual que se sentía ella. El anuncio de Raoul de que iba a vivir allí le provocaba a la vez placer y dolor, pero había tenido un bebé con ese hombre y sus vidas habían quedado unidas para siempre. Jamás le iba a permitir distanciarse de él. Vagarían en círculos, como dos planetas del mismo sistema solar que nunca se tocan.

–Cada neurona de mi cerebro me dice que no tengo derecho a impedirte que me abandones, pero la idea de dejarte marchar me pone enfermo.

A Sirena el corazón le falló un latido, pero reprimió cualquier sentimiento de alegría. Lo que le preocupaba a Raoul era perder a Lucy, y quizás a una apasionada compañera de cama que le organizaba escrupulosamente la agenda.

–Yo...

Había estado demasiado centrada en su propia angustia para fijarse en el aspecto de su esposo. Si había dormido desde París, no podía haber sido gran cosa. Parecía haber envejecido.

–Miranda tenía la pulsera –soltó él como si las palabras le quemaran en la garganta–. Fui a Nueva York a hablar con ella. Al sugerirme su nombre en París, comprendí de inmediato que era perfectamente capaz de hacer algo así. Se la tomó prestada a mi madre para una noche y luego se olvidó de devolverla –concluyó tras añadir que su hermana era una cabeza de chorlito.

Sirena dio un respingo, feliz por haber resuelto el asunto aunque, en el esquema general de las cosas ¿qué había cambiado? Raoul ya le había dicho que no creía que hubiera sido ella, pero había viajado hasta Nueva York para confirmarlo. Y eso dolía.

–Se acabaron las pesadillas ¿de acuerdo? –sugirió él secamente–. Asunto resuelto. Ya no corres peligro de ir a la cárcel. Jamás permitiré que nadie te arreste. ¿Me has entendido, Sirena? Esa amenaza ha desaparecido de tu vida. Para siempre.

El tono implacable y el modo en que intentaba imponer su voluntad sobre ella resultaban tan encantadoramente familiares que Sirena sintió ganas de llorar. Encogiéndose de hombros fingió asentimiento. ¿Qué sabía ese hombre? Se despertaba llorando por las mañanas porque la cama estaba vacía a su lado. Raoul quería vivir separado de ella. Apenas podía soportar quedarse allí, absorbiendo su cercanía, sabiendo que no volverían a estar cerca nunca más.

–Te he causado mucho dolor ¿verdad? ¿Y por qué? Pues porque tenía miedo de sentir.

Raoul se golpeó el pecho con un puño, sobresaltando a Sirena. El desgarro en su voz la paralizó.

–Tenías razón cuando dijiste que buscaba por todos los medios no sentirme afectado por ti. Tus pesadillas son mi castigo. Dime que se han acabado, Sin, porque son mucho más de lo que puedo soportar. Todas las noches me enfrento al cruel e insensible bastardo que fui contigo. Cuando pienso en lo que iba a hacer cuando tú estabas matándote para que nuestra hija...

–No lo hagas –lo interrumpió ella avanzando hacia él, angustiada por lo atormentado que parecía. Su remordimiento era demasiado intenso para poderlo soportar.

–Fue mucho peor estar separado de ti, no despertar a tu lado –continuó él afligido y en un tono de voz que evidenciaba un alma moribunda–. Te dejé en el avión porque quería resolver el misterio para que pudieras dormir plácidamente de nuevo. Estaba preparando el viaje cuando tu maldito agente llamó y supe que no tenías intención de volver a compartir tu cama conmigo.

–Tampoco fueron tan malas las pesadillas...

–¡No intentes suavizar lo que te hice! –exclamó él,

sobresaltándola de nuevo–. Maldita sea ¿es que nunca piensas en ti misma? Esa generosidad tuya es precisamente lo que me conmueve y hace que seas necesaria en mi vida cada segundo del día –extendió las manos en gesto de súplica–. Siempre he sido consciente de ello, pero nunca lo he valorado como debería. Ese fue el motivo por el que arriesgaste tu empleo. Por ayudar a tu hermana. Debería haber sabido que jamás harías algo así por motivos personales. No necesitaba protegerme de ti, sino al contrario –su rostro se contrajo–. No permitas que tu generoso corazón me perdone. No me lo merezco. Oblígame a vivir a seis plantas de ti y a sufrir como un alma en el purgatorio.

–No puedo –ella empezó a temblar, tan confusa que solo podía balbucear–. Quiero vivir contigo. Fuiste tú quien sugirió la palabra «divorcio». Tú quien me subió a un avión y me envió lejos. Las pesadillas son sobre ti que no me amas y yo, que te amo tanto que no lo puedo soportar –Sirena tuvo que enterrar el rostro entre las manos. Estaba revelando demasiado.

Unas fuertes manos le agarraron los brazos y se vio empujada contra el pecho de Raoul. El desgarrado gemido de su esposo vibró en su interior mientras la abrazaba con tal fuerza que temió por su integridad. De sus labios escapó un suspiro de alivio.

–Te amo, Sin. Casi me muero sin ti y solo podía pensar en que así debía sentirse mi padre, en lo profundo que debía haber sido su dolor por no poder tener a la mujer que amaba. En mi caso es aún peor porque la tenía y lo estropeé todo...

–No, no lo hiciste –lo interrumpió ella, besando el rostro sin afeitar.

Raoul abrió la boca sobre la de ella con un ansioso gemido. La vieja química estalló, pero había mucho más. Se besaron con ardiente pasión, abrazándose con fuerza, frotándose el uno contra el otro para incrementar la sensual fricción.

Tomándole el rostro con las manos ahuecadas, Raoul echó la cabeza hacia atrás.

–No voy a tomarte sobre un maldito suelo de cemento ante la vista de cualquiera que entre.

El rellano de la escalera llamó su atención y durante un segundo lo consideró.

Tentado hasta límites insospechados, la abrazó con más fuerza y se recordó la increíble suerte que tenía ante esa segunda oportunidad. Y no iba a volver a fastidiarla.

–No te merezco –le besó la frente–. Déjame intentar hacer lo correcto, no repetir lo de Oxshott.

Sirena bajó la vista y Raoul temió que lo hubiera interpretado como un rechazo, a pesar de que siguiera acariciándola, llenándose las manos con su realidad.

–Me gustó Oxshott –murmuró él retirándole los cabellos del rostro y mirándola a los ojos, conmovido y perplejo ante la idea de que esa mujer pudiera amarlo–. Te amo –insistió.

–No hace falta que lo digas si no es cierto –una sombra cruzó el rostro de Sirena–. Seguiré deseando estar contigo.

–No es una elección consciente, Sin –bufó él. Al recordar con cuánto ahínco había luchado contra ese sentimiento, se estremeció.

–Pero no eres feliz –Sirena se mordió el labio para evitar que temblara.

–No ha sido un viaje tranquilo, pero ahora mismo no podría ser más feliz.

Ella frunció los labios y apretó las caderas contra la erección. Su expresión revelaba que no acababa de convencerse de lo que le decía Raoul.

Raoul le tomó el rostro entre las manos y la obligó a

mirarlo a los ojos. Aquello era demasiado importante. Vio dudas y una vulnerabilidad que ella intentaba ocultar tras la seductora sonrisa.

–Siento tal deseo de hacerte el amor que apenas puedo respirar –un agradable escalofrío lo inundó–. Abrazarte y acariciarte es la experiencia más increíble de mi vida –la acarició casi convulsivamente–. Estaba muerto de miedo, Sin. No sabía cómo convencerte para que me dieras una segunda oportunidad.

–Te he amado casi desde el instante en que nos conocimos –Sirena agachó la cabeza–. Eres el único hombre con el que deseo estar.

Leal hasta la muerte y emocionalmente valiente. Raoul no sería más que un cobarde solitario si no siguiera su ejemplo.

–Y tú eres la única mujer con la que me imagino pasar el resto de mi vida. Me crees, ¿verdad?

–Por supuesto –ella sonrió traviesamente–. Tengo a Lucy.

–No bromees –Raoul se apartó y esperó a que ella levantara la vista–. Lo digo en serio. Quiero pasar mi vida contigo. Quiero casarme contigo, en una boda como debe ser. Tu padre puede...

Sirena sacudió la cabeza.

–¿Por qué no? –preguntó él–. ¿Es porque no quieres ser el centro de atención? –era la única excusa que creía posible y jamás la forzaría a hacer algo que la incomodara.

–Esos sueños románticos no eran más que las fantasías de una cría –Sirena los desechó con un gesto de la mano mientras se soltaba del abrazo–. He crecido y tengo las ideas claras. No necesito gestos vacíos porque tú te sientas culpable. Estoy bien. Estamos bien –la sonrisa era dulce y preciosa, aunque era evidente que intentaba ocultar una profunda inseguridad.

–Sigues sin confiar en mí –la acusó él dulcemente.

–Claro que confío en ti.

–No crees que mis sentimientos hacia ti puedan ser tan fuertes como los tuyos hacia mí –Raoul se sentía insultado, pero ese no era el problema. El problema era la frágil autoestima que tantas veces había dañado.

–Yo... –¿qué podía decir? Era cierto–. Sé que a partir de ahora todo irá mejor.

Dando la conversación por terminada, regresaron junto a Lucy antes de pasar por el hospital para que Raoul conociera al padre de Sirena. Para cuando se metieron en la cama por la noche, Sirena estaba convencida de que su relación iba camino de ser una unión sólida. Raoul le hizo el amor con la misa dulzura de siempre y la mantuvo toda la noche abrazada.

Raoul enseguida tomó el mando, comprobando si la casa de Faye necesitaba algún arreglo para cuando el padre de Sirena regresara. También tuvo una charla sobre finanzas con su suegro.

–No hieras su orgullo –le había suplicado Sirena antes de partir hacia el hospital.

–Quiero que sepa que tiene una alternativa. Yo cuido de mi familia –había contestado él.

Por primera vez en mucho tiempo, Sirena empezó a sentir que tenía una familia. Con renovada confianza en su papel de madre y esposa, intentó disfrutar del tiempo con su padre y hermana. Faye se convirtió en alguien que dejó de preocuparla, sobre todo tras hablar con su padre.

–Cuando tu madre murió, te veía crecer tan deprisa, intentando hacerte cargo de todas las responsabilidades, que me casé con la primera mujer que dio muestras de aceptarme, con la esperanza de devolverte tu infancia. Vosotras dos nunca os habéis llevado bien. Tú eras muy independiente y Faye no supo qué hacer contigo. Al mudarnos a Australia, no pensé que fueras a echarnos de menos, ni que fuera a pasar tanto tiempo antes de que pudiésemos vernos otra vez. Parecías feliz con tu trabajo, tus viajes...

–¿Me hago cargo de todo siempre? –sorprendida ante la descripción de ella hecha por su padre, lo consultó con Raoul más tarde.

–Te has hecho cargo de las obras de renovación del ático.

–Me dijiste que... –Sirena se interrumpió ante la carcajada de su esposo.

–Eres inteligente y muy buena en todo lo que haces –él la abrazó mientras la contemplaba con admiración–. Eso puede que incomode a algunos hombres, pero yo necesito que mi esposa posea esa fuerza interior. Me tranquiliza saber que no vas a rendirte y abandonarme.

–Eso jamás –le prometió ella.

Lo cierto era que cada día se sentía más necesaria para él. Raoul cambió el acceso a todas sus cuentas bancarias para que estuvieran a disposición de ambos y ella se ocupaba de comprobar las finanzas regularmente.

Quizás al final iban a lograrlo.

Una semana más tarde su padre estaba prácticamente recuperado y la visita a Australia llegaba a su fin. Iban a conservar el ático para futuros viajes, al menos dos por año. Las aguas parecían volver a su cauce y si oírle decirle que la amaba le hacía sentirse algo pensativa, se decía que debía estar agradecida de que al menos fuera capaz de pronunciar esas palabras.

El día antes de su marcha, Sirena despertó tarde. Raoul había empleado su truco favorito y se había llevado el monitor y al bebé, pero dada la pasión desplegada la noche anterior, agradeció haber podido dormir un poco más. El cuerpo aún le dolía de una manera muy sensual, aunque no podía evitar inquietarse ante la casi frenética obsesión de Raoul por el contacto físico.

¿Sucedía algo malo? Sirena decidió ir en su busca.

El apartamento era pequeño de modo que no tardó en encontrarlo en el salón inundado de sol y decorado con las flores que le había comprado el día anterior y que llenaban tres jarrones.

—Buenos días —Raoul entraba por la puerta con una bolsa azul en la mano.

¿Ese tono de voz era más serio de lo habitual? Sirena sintió que se le encogía el estómago.

—Buenos días. ¿Dónde está Lucy? —preguntó ella—. ¿Qué llevas ahí?

—Ali se la ha llevado arriba.

—¿Al ático? ¿Por qué? Pensaba que íbamos a comer todos juntos...

Ante la seriedad con que Raoul se acercaba a ella, sintió una nueva oleada de ansiedad. Repasó el atractivo aspecto de su marido, al que se había añadido un nuevo corte de pelo. Él mismo se había ocupado de ello sin que ella tuviera que reservarle cita.

En realidad, últimamente se habían producido muchos pequeños detalles que indicaban que algo pasaba, que le estaba ocultando algo.

Raoul le tomó las manos entre las suyas, pero Sirena casi las apartó, de repente muy preocupada, aunque no sabía por qué.

«No lo hagas», se dijo a sí misma, obligándose a confiar en él.

Raoul frunció el ceño al sentir las manos heladas de Sirena. Una repentina emoción pareció sobrecogerlo. Apretaba los labios con fuerza y parecía tener que esforzarse por mirarla a los ojos. Y cuando al fin lo hizo, ella casi se sintió desfallecer.

Fuera lo que fuera, lo que sucedía era muy grande, y muy malo.

—¿Qué sucede? —susurró ella.

—Eres tan hermosa —contestó Raoul como si le doliera.

Sirena sacudió la cabeza. No era cierto. Llevaba puesta una bata con una mancha de café del día anterior y los ojos seguían emborronados con el maquillaje de la noche, los labios secos...

«Para», se ordenó a sí misma. Si ese hombre la encontraba hermosa, debía creer que así lo era para él. Pero le resultaba muy difícil ante la dubitativa mirada que le dirigía.

—¿Raoul? —insistió.

—No intento ocultarte nada, Sin. Es que estoy muy nervioso. Yo... bueno no tengo nada que decir salvo que... —la soltó y dio un paso atrás.

Sirena apretó los puños y los hundió en el estómago en un intento de aplastar las serpientes que se retorcían en su interior.

Para su mayor espanto, Raoul sacó algo del bolsillo y cayó sobre una rodilla. Con el anillo sujeto entre el índice y el pulgar, se declaró.

—¿Quieres casarte conmigo?

Destellos de luz se desprendían del diamante. El momento quedaría grabado en su mente para siempre: el sonido de la música que surgía del equipo de música, el aroma de las flores, el amor puro reflejado en el rostro de Raoul, el deseo, la admiración.

—Ya estamos casados —contestó ella al fin.

—Quiero casarme contigo debidamente. Todo el mundo nos espera arriba.

Ella abrió los ojos desmesuradamente.

—Ya sé que no deseabas esto —continuó él con voz grave—, pero necesito saber que deseas estar casada conmigo tanto como yo disfruto estando casado contigo. He hablado con tu padre, se lo he contado todo y le he pedido tu mano.

–¿Qué? –exclamó Sirena. Su corazón intentó saltar del pecho. Se sentía conmovida y asustada.

–Se tomó su tiempo para decidir, y no le culpo –Raoul hundió los hombros–. Si pudiera volver atrás y cambiarlo todo... pero no puedo. Sé que crees que me casé contigo para no sentirme culpable, pero no fue así. Aunque, desde luego, me sentiría mucho mejor si aceptaras casarte conmigo a pesar de todo lo que te he hecho.

El remordimiento que reflejaba su mirada era demasiado doloroso para afrontarlo.

–No hagas eso –murmuró Sirena acercándose a él y cubriéndole las orejas con las manos.

–Tú conseguirías que funcionara hasta la relación más imposible, Sin, con tal de permanecer junto a tus seres queridos –Raoul la abrazó con fuerza–. Eres capaz de darme el sí por no defraudarme, pero no puedo soportar que pienses que mi amor por ti es imposible, que lo que siento por ti no es real.

–Yo...

–Te amo. Y no pretendo regalarte los oídos, aunque me encanta la idea de hacer realidad tus sueños. Lo que te pido es que te cases conmigo como es debido, no por Lucy, sino porque nos amamos. Si no lo deseas, si no crees que ambos seamos capaces de implicarnos en igual medida en esta relación, no aceptes.

En algo tenía Raoul razón, Sirena no soportaba herirle o humillarle con un rechazo.

–No te cases conmigo por pena o por obligación. Pero, Sin, piénsatelo. ¿Cómo iba yo a someterme a esto si no intentara demostrarte algo? Algo muy importante.

–Tú no tienes que demostrarme nada. Yo debería creerte sin más, confiar en ti –contestó ella cada vez con

más reparos–. Es lo que siempre he deseado, poder tener fe en mis sentimientos e intenciones hacia ti –apretó
los labios con fuerza–. Lo siento mucho.

–Sin rencores, Sin –Raoul le acarició la mejilla–.
Empecemos de nuevo.

–Te amo –ella asintió y permitió que él la abrazara
con más fuerza–. Me cuesta creer que sientas lo mismo
por mí. Tú te mereces ser amado como yo te amo, pero
yo no soy nada más que yo.

–Si tú te vieras como te veo yo, como te vemos todos. Eres una mujer increíble, Sin. Fuerte y a la vez bon-
dadosa y me siento orgulloso de tenerte por esposa.
Quiero que todo el mundo sepa lo mucho que significas
para mí.

Para un hombre de naturaleza tan circunspecta, la
confesión era muy importante. A Sirena no se le ocurría
ninguna razón para arriesgarse tanto, salvo que la amara
de verdad.

Se sentía tan conmovida que solo pudo abrazarse a
Raoul con fuerza.

–¿Lo harás? –él le besó los cabellos–. ¿Te casarás
conmigo?

–Por supuesto –ella asintió–. Te amo, Raoul. Te amo.
Te amo.

–Y esta vez ponte el anillo –gruñó él mientras se lo
colocaba en el dedo. Era un anillo de diamantes, pero
ninguno sobresalía, de modo que no podría engancharse
en la ropa del bebé ni arañarle la delicada piel.

Ella dio un respingo al ver la joya.

–Quizás me haya excedido un poco al intentar com-
pensarte.

–¿Tú crees? –Sirena soltó una carcajada y lo miró a
los ojos–. No sé cómo manejar tanta felicidad. Para mí
significa mucho.

La emoción no emanaba de la proposición de matrimonio sino de saberse amada. Entre un mar de lágrimas vio a Raoul agacharse para besarla con dulzura en los labios.

—Ali me ayudó con todo. Espero que el día de nuestra boda sea todo lo que hayas deseado.

Fue mucho mejor que cualquier cosa que se hubiera atrevido a desear, pero lo que más le había conmovido eran los pequeños detalles que convirtieron la ceremonia en algo perfecto. Ali le había comprado un vestido de seda y satén con una pequeña cola. La propia Sirena se peinó y maquilló antes de pedirle ayuda con el velo. Faye le prestó un broche azul que pertenecía a su familia desde hacía generaciones y su padre se reunió con ella en el ascensor, algo débil, pero muy orgulloso.

Al ver a su hija sentada en las rodillas de Amber, y vestida con un vestidito de flores, Sirena estuvo a punto de trastabillarse. También estaban la madre de Raoul y su hermanastra, y algunos de los socios de la empresa.

Impecablemente vestido, Raoul se volvió hacia ella con la adoración reflejada en la mirada. Incapaz de articular palabra, Sirena supo sin lugar a dudas que ese hombre la amaba. A ella.

Y tenían toda una vida por delante.

Raoul retiró el velo y ella lo miró con la misma devoción. Un tierno beso selló los votos formulados.

Acepte 2 de nuestras mejores novelas de amor GRATIS

¡Y reciba un regalo sorpresa!

Oferta especial de tiempo limitado

Rellene el cupón y envíelo a
Harlequin Reader Service®
3010 Walden Ave.
P.O. Box 1867
Buffalo, N.Y. 14240-1867

¡Sí! Por favor, envíenme 2 novelas de amor de Harlequin (1 Bianca® y 1 Deseo®) gratis, más el regalo sorpresa. Luego remítanme 4 novelas nuevas todos los meses, las cuales recibiré mucho antes de que aparezcan en librerías, y factúrenme al bajo precio de $3,24 cada una, más $0,25 por envío e impuesto de ventas, si corresponde*. Este es el precio total, y es un ahorro de casi el 20% sobre el precio de portada. !Una oferta excelente! Entiendo que el hecho de aceptar estos libros y el regalo no me obliga en forma alguna a la compra de libros adicionales. Y también que puedo devolver cualquier envío y cancelar en cualquier momento. Aún si decido no comprar ningún otro libro de Harlequin, los 2 libros gratis y el regalo sorpresa son míos para siempre.

416 LBN DU7N

Nombre y apellido	(Por favor, letra de molde)
Dirección	Apartamento No.
Ciudad	Estado Zona postal

Esta oferta se limita a un pedido por hogar y no está disponible para los subscriptores actuales de Deseo® y Bianca®.
*Los términos y precios quedan sujetos a cambios sin aviso previo.
Impuestos de ventas aplican en N.Y.

SPN-03   ©2003 Harlequin Enterprises Limited

AMOR ENTRE VIÑEDOS

KATE HARDY

Xavier Lefevre seguía siendo el hombre más atractivo que Allegra había visto en su vida. De hecho, se había vuelto más sexy con los años. Pero habían cambiado muchas cosas desde aquel largo y tórrido verano de su adolescencia. Ahora, su relación era estrictamente profesional: les gustara o no, compartían la propiedad de unos viñedos y, desde luego, ella no estaba dispuesta a venderle su parte.

Allegra tenía dos meses para demostrarle que podía ser una socia excelente, y para convencerse a sí misma de que no necesitaba a Xavier en su cama. Pero ¿a quién intentaba engañar?

Su razón se negaba,
pero su cuerpo lo estaba deseando

¡YA EN TU PUNTO DE VENTA!